난,
여름

시인의일요일시집 **020**

난, 여름

1판 1쇄 찍음 2023년 10월 12일
1판 1쇄 펴냄 2023년 10월 23일

지 은 이 최   휘
펴 낸 이 김경희
펴 낸 곳 시인의일요일

표지·본문디자인 노블애드
경영지원 양정열

출판등록 제2021-000085호
주   소 경기도 용인시 기흥구 연원로42번길 2
전   화 031-890-2004
팩   스 031-890-2005
전자우편 sundaypoet@naver.com
블 로 그 https://blog.naver.com/sundaypoet

ISBN 979-11-92732-11-4 (03810)

값 12,000원

* 이 도서는 한국출판문화산업진흥원의 '2023년 우수출판콘텐츠 제작 지원' 사업 선정작입니다.

난,
여름

최휘 시집

이야기가 끝나지 않아요

계절처럼 썩고
시대처럼 잊혀져야 하는데

넝쿨장미의 계절을 들춰 보다
앵두가 익으면 여름처럼 떠들었어요

초록 말풍선이 무성한 잡목의 숲
나, 아직 여기 있어요

차 례

1부

2부

3부

4부

1부

호두 혹은 화두

호두가 짖는다 화두가 짖는다 짖다가 커진다 커진 호두가 제 옆의 화두를 향해 짖는다 놀란 화두가 다른 호두를 향해 짖는다 컹컹 짖는다 한 호두가 한 화두가 가만히 있어, 소리친다

호두가 아니 화두가 바람을 끌어들인다 넓고 둥근 이파리로 호두가 화두를 덮는다 화두가 호두를 감춘다 호두가 가만히 흔들린다 이파리로 제 반쪽만 덮은 호두는 화두에게 밀려난 호두인가

화두가 호두를 본다 호두가 화두를 생각한다 호두가 화두만큼 커진다 화두가 브로콜리만큼 작아진다 호두나무의 뿌리가 축축한 화두를 더듬는다 호두들이 화두들이 간지러워 몸을 튼다 한 화두가 너무 간지러워 제 머리통을 툭 자른다

호두의 한때가 지금이라고 외치는 호두 피곤한 화두 퉁퉁 부은 화두 쓰러진 호두를 일으켜 세우는 화두 원칙적인 호두 밤새 토하거나 머리를 나사로 조이는 것 같아 이삼 분 간격으로 울부짖는 화두

호두들이 화두들이 밤을 건너간다 한 화두가 생각한다 이상하
다 머리가 아픈데 왜 명치끝이 답답할까 화두는 옆에 있는 호두
의 가슴에 가만히 손을 대 본다

호두가 살며시 이파리를 끌어다 덮는다 화두가 뒤척인다 꿈인
가 호두가 중얼거린다 화두가 다시 머리통을 잡고 뒹군다 호두
의 창문이 훤하게 밝아 온다 너덜너덜해진 것들이 곯아떨어지는
화두의 새벽

저 화두를 지게막대기로 후려쳐 모두 떨어뜨려야 한다

어느 이름 없는 시인의 시 연구

시도 폭탄처럼 터질 수 있다 나는 시가 터질 때 나오는 감성화 고독을 식별할 수 있는 기계를 발명했다 터지지 않는 시는 시가 아니다 언어의 뭉치일 뿐

지금 나는 터진 최 시인의 시를 정서분석기 안에 넣어 시어 속에 쓰인 맨드라미의 정서를 추출하려 한다 맨드라미의 붉음과 최 시인의 눈길이 어떤 화학반응을 일으켜 슬픔이라는 물질로 변이 되었는지에 대한 데이터를 도출하려 한다

붉다, 라는 감정의 중성자 수가 일종의 사유 역할을 한 것으로 보인다 맨드라미의 붉음과 그 붉음을 바라보는 최 시인의 눈빛 사이에 슬픔이라는 화합물이 첨가되면서 정서적 반응이 일어난 것이다

과연 최 시인은 슬픔을 잘 훈련시키고 단련시켰다 이 정도의 슬픔은 누구나 한번쯤 겪는다는 객관적 심리까지 획득한 상태였다 최 시인이 맨드라미를 보는 순간 단거리 달리기 선수가 신호총에 반응하듯 최 시인의 슬픔이 스타트를 시작했고 최 시인의 눈동

자는 맨드라미의 붉음, 그 언저리에서 놀라 정지했던 것 같다

최 시인은 더 집중했다 신경마다 붙어사는 주머니 모양의 시냅스를 부풀려 그 은둔의 기억들을 전염병처럼 쏟아 냈다 그리고 원심분리기 속에 제 온몸을 넣어 뭉치고 얽히고 끊기며 너덜너덜 해질 때까지 돌렸다

드디어 최 시인은 폭발하는 찬란을 쓰기 시작했다 미치광이 부랑자 창녀 어릿광대 술술 딸려 나오는 대로 썼지만 슬픔이라는 단어는 시 속에 절대 넣지 않겠다는 것이 최 시인의 전략이었다 맨드라미는 철저하게 현상 그 자체였으며 현상 그 너머였다

어둠이 지나가는 걸 모르고 지금이 어제가 아니란 걸 모르는 동안 최 시인은 낯설고 타자화된 고독의 기호들을 획득했다 그러나 최 시인의 찬란과 슬픔은 읽기에 버거웠다 그래서 평론가들은 지금까지 없던 시! 시류가 바뀔 것! 이라며 이 시를 소개합니다, 라는 계간지 코너마다 최 시인의 시를 싣기에 열을 올렸던 것이다

나는 앞으로 감성화고독식별기계를 통해 장삼이사들의 모든 시를 분석할 것이다 그리고 나의 시를 주먹구구식으로 평론한 박 평론가의 글도 이 기계에 넣어 갈아 버려야 하나, 이런 충동에 사로잡힌다

키티가 생각나지 않는다

내가 한때 사랑했던 그것이 언제부터인가 생각나지 않는다 분명 내가 애지중지하며 안고 뒹굴던 것이었다 그 얼굴 그 표정 그 손짓 그런 것들이 다 아리송하다

분명한 건 분홍색 헬로 키티는 아니라는 것 키티가 키티를 밀어 올리는 아침 나는 정체 모를 키티에 정신이 팔린다 컴퓨터 책장 유리창 너머 화장실까지 돌아다녀도 키티가 생각나지 않는다

키티는 무엇이었을까 그것은 어디에 숨었을까 이불 베개 침대 모서리 귤껍질까지 들추며 키티를 찾아본다 이상스레 입술에 착 달라붙는 키티 이름만 둥둥 떠다니는 키티 그러나 키티는 보이지 않는다

키티는 고유명사인가 키티는 무엇인가 키티는 힌트를 주지 않는다 숨 죽인 키티 지워진 키티 그런 느낌뿐 키티가 사라졌다

너무 덥다 히터를 껴안은 것 같은 바람이 분다 키티를 찾는 내 몸의 관절마다 주삿바늘을 꽂아 놓은 것 같다 키티인가 긴 링거

줄을 따라가 보니 사방 숲이 불타고 있다 키티가 불을 지르고 있
나 구름이 붉어지고 나는 메마른다

　그래도 키티가 생각나지 않는다 우산을 들춰 봐도 모자를 들
춰 봐도 부채를 펴 봐도 키티는 없다 뜨거운 애인처럼 태양을 머
리에 이고 눈을 찌푸린 채 나는 키티를 생각한다

　키틱 키틴 키틸 키팀 키팃 키팅 젖은 눈으로 어딘가를 서성이는
것도 같은 오색 날개를 펴고 어디론가 날아간 것도 같은 키티가
도대체 왜 생각나지 않는 걸까

나에게는 상전의 목을 딴 노비 할아버지가 있다

요즘 누가 츄파츕스를 빠는가 츄파츕스도 늙었다 츄파츕스의 딸기맛 초코맛 때문에 싸웠지만 스페인이 국적이라는 건 끝내 몰랐다 츄파츕스가 막대사탕의 고유명사가 되었지만 이름의 뜻이 츄파를 빨아먹어! 라는 건 몰랐다 앉은 자리에서 슥슥 츄파츕스를 디자인한 화가가 살바도르 달리라는 사실도 더불어 몰랐다 빨강과 노랑의 꽃 모양 로고를 츄파의 머리 끝부분에 그려 넣은 것은 전략과 전술이었다 이 모든 사실은 이제야 알게 된 것이다 이제 누구도 화이트데이에 츄파를 떠올리지 않는다 츄파는 잊혀졌다 달콤함은 사라졌다

우리 집은 대대로 조용한 집안이다 몇 대 할아버지가 상전의 목을 땄다는 용맹만이 유일한 액션이다 그 할아버지의 아들이 훗날 떠돌이가 된 부모의 원수를 갚았는데 그것이 공교롭게도 애국의 길이었다 이 사실은 고요한 집안을 폭풍 속으로 끌어다 놓기도 했다 미스터 초이는 지금도 집안 대소사마다 입에 오르내리지만 상전의 목을 딴 종놈은 아무도 기억하지 않는다 종놈은 잊혀졌다

그러나 나는 생각해야 한다 나의 핏속을 흘러 다니는 분노와 절망의 빨갛고 노란 염색체에 대해서 대체 누가 우리 할아버지를 이렇게 디자인했는지에 대해서 세상 달콤살벌했던 종놈의 정의를 생각하면 피가 끓는다 내 몸은 무엇으로 가득 차 있는가 꿩처럼 숨기를 좋아하는 나의 근성 속에는 칼날이 들어 있어야만 한다 츄파춥스는 막대로 나는 근성으로 자신을 지탱한다 종으로 태어나 종으로 죽는 일은 슬프다 사탕으로 태어나 달콤함이 잊혀지는 건 슬프다 문득 커다란 낫 같은 것을 손에 들고 무용한 어둠의 목을 쓱 베어 본다 나에게는 상전의 목을 딴 노비 할아버지가 있다

기분의 구조

부엌을 가로지르다 식탁 의자에 부딪쳤어요
울음을 터트리며 나는 태어납니다

그리하여 나는 오전 11시 37분에 시작됩니다
시간이란 꽃그늘처럼 정오처럼 쨍하다 곧 그 이후가 되거든요

앵두가 빨갛게 익었군요
수국이나 작약이 전나무 아래를 서성입니다

수레국화를 찰칵 찍으면
수레국화라는 걸 알게 돼요

눈에 들어오면 눈에 물이 들 때까지 보게 돼요
내가 자꾸 담으려 하니까 눈이 품어 주기는 해요
아프게 일깨워 주기도 해요

아픈 데만 일부러 보는 건 아닌데
자고 일어나면 나는 왜 자꾸 내 위주가 될까요

정상적인 것은 이상한 것을 끌고 오나 봐요
무슨 법칙처럼
부모는 자식보다 일찍 죽는데 자식이 먼저 폐기되기도 하니까요

이상한 건 결국 정상이 되고 정상은 또 이상한 것이 되니
이 계절에 수레국화가 피는 것도 정상이죠

어쩌면 정상만이 생의 비법이라서 정상만 잘 살아도 될 것 같은데
11시 37분은 아무리 봐도 이상하고
지금을 꽉 채운 정상과 이상은 기분의 얼개 같아요

난 원래 이래
이렇게 자주 말했어요 그러고는 기분의 구조 속에 갇혔죠
원래 속에는 혁명이 없거든요
꽃에 홀린 듯 이리저리 흩어지는 것 말고는

여섯 개의 다리와 네 개의 날개를 달고

　서쪽으로 350리를 걷자 탱자나무 이파리 하나가 떨어졌다 붉은 꽃 핀 덤불이 있었고 그 안으로 누런 동굴이 보였다 그녀는 피가 흐르는 옷자락을 끌며 안으로 들어갔다

　삐걱이는 나날은 왜 배가 불룩해져 있는 걸까 그녀는 이내 아득해지고 진통이 시작되었다 머리만 남겨 놓고 온몸이 묻힌 듯

　우리를 두려워하지 마 목소리가 들렸다 그녀는 그 달콤한 소리를 잡고 배에 힘을 주었다 흰 머리에 붉은 주둥이를 한 것이 그녀의 몸을 쪼았다

　나타났다 사라지고 사라졌다 나타나는 질긴 것들이 목을 죄었다 목소리를 부르자 여섯 개의 다리와 네 개의 날개가 나타났다 목소리는 얼굴이 없었다 다만 다리들이 엉켜 서로 제 쪽으로 끌어당겼고 날개들은 날아오르려 부딪는 소리를 내며 그녀를 빙빙 돌았다

　그녀가 동굴의 벽에 그림을 그렸다 꼬리도 없고 머리도 없는

그림 그녀가 알지 못하는 노래를 동굴 밖으로 퉤, 뱉었다 뼈다
귀 같은 것을 씨앗 같은 것을

밤벌레

제초제를 뿌린 화단인가 내 침대에는 잠이 자라지 않는다

꼭 쌀 한 톨만 한 것이 하얗고 말캉한 그것이 까만 두 눈만 끔뻑이는 그것이 매일 밤 내 눈알을 갉아 먹는다 자고 나면 내 흰자위에는 밤벌레가 파먹고 지나간 자국들이 낭자하다

밤벌레가 움직거릴 때마다 눈이 가려워 눈알이 빠지도록 비빈다 밤벌레는 까맣게 엎드려 죽은 척하다 가느다란 발가락을 꼼지락거리며 한 발 또 한 발 더 깊숙한 눈 속으로 들어간다

밤벌레의 털 달린 발들이 눈 속으로 푹푹 빠진다 제 생의 혼돈을 지나는 중인가 밤벌레가 뒹굴한다 꿈틀한다 미친 성향인지 노래기 같은 한 발을 자꾸 뗀다 잠든 사이에도 눈알은 근질근질

어느 밤에는 푹 삶은 밤의 포실포실한 살 속에 밤벌레가 박제된 듯 박혀 있다 푹푹 발을 빠뜨리며 걸어가는 것들의 생기를 빼앗는 것은 무엇인가 밤꽃이 하얗게 흩뿌려진 침대 위에 잠을 눕혀 본다

숨은 잠을 찾느라 말똥한 눈알들 찡그린 위장들 시간을 잊은 대뇌피질이 항아리 속으로 쏟아붓는 쌀처럼 우르르 사무친다 불면의 들판에 수백 마리의 양들이 쏘다닌다 아직 당도하지 못한 영혼이 꽃잎을 다 떨어뜨린다

그린게이블즈의 앤이라면 이렇게 말할걸요*

이 일은 너무나 신중하게 전해야 하는 말들이라 아침이 되기를 기다렸어요 저녁보다는 아침에 이 말을 전하는 게 어울릴 거라고 생각했거든요 아침이 있다는 건 참으로 멋진 일이에요 그 일은 너무 영롱하고 순수해서 오래된 창고의 뿌연 먼지 냄새 같다고 해야 할까요 아니 먼지라는 표현은 안 어울리네요 아침 이슬 같다고 고칠게요 아침 이슬은 수선화를 머리에 꽂고 잠시 6월의 해를 듬뿍 받으며 서 있는 것과 같거든요 이건 금방 사라지는 일들을 기억하기에 좋은 상상법이에요 혹시 이렇게 해 본 적이 있나요? 없어요? 설마 상상해 본 적도 없어요?

그러니까 이 일이 일어난 동안의 심정들을 다 빼고 간략하게 사건의 요점만 충실히 전한다는 건 너무 낭만적이지 못해요 핵심만 부탁해, 라는 간절한 눈빛을 받으며 이 일을 전달하는 건 너무 잔인한 일이에요 때로는 침묵이 금이라는 걸 지금 적용해야 할까요 하지만 지금 저는 중단할 수 없을 만큼 이미 이야기의 길을 걷기 시작한 느낌이에요 아 이야기의 길이라니 이건 순식간에 튀어나온 말이지만 적절하다는 생각이 들어요 이야기에는 금보다 더 귀한 느낌이라는 것이 있는데 저는 지금 그것을 건드린 것 같아요 기쁜 말 슬픈 말 우울한 말 깜짝 놀란 말 차마 입을 떼지 못하는 말 이런저런 말들이 앞서고 뒤서며 도란도란 또는 고독하게 걷는 길이 보여요 아 이건 너무 낭만적인 상상이에요 상상이 많이 들어간 말은 진실하지 않을 거라고 생각하지 말아 주세요 어떤 생각이 먼저 있었다면 반드시 그렇게 되지 못했더라도 괜찮다고 생각해요

그런데 이렇게 말하다 보니 내가 전하려고 했던 말들에게 내가 이미 발각된 기분이 들어요 이 말을 아침에 전해야겠다고 생각한 것은 이 일과 아침이 같은 세계에 있었기 때문이죠 같은 세계에 있는 것들은 같이 다니는 걸 좋아한답니다 그럼 이제 시작할게요 본론이 길모퉁이까지 와서 이쪽을 살피고 있는 게 보이거든요

* 과장된 표현과 낭만적 분위기로 말하는 빨강머리 앤의 말하기 방식

다시 쓰는 돼지책

너희들은 돼지야!
엄마가 식탁 위에 이런 쪽지를 남기고 집을 나갈 때
이 책은 충분히 아름다웠습니다

  썩어 문드러진 홍시얼굴 속 터진 만두얼굴 안전핀을 뺀 폭탄얼
굴은 어디를 읽어도 안 보이네요 엄마만 내내 사람얼굴이라니

  앤서니 브라운이 욕심을 조금만 내려놓았더라면 칼데콧상은
무난했으리라 봅니다만 작가는 인성동화라는 관념에 사로잡혀
집 나간 엄마를 며칠 만에 강제 귀가시켰으며 자동차 정비라는 취
미까지 추가시켰습니다 이것을 아름다운 엔딩이라며 각종 기관
들은 추천도서로 선정했다는군요

  망치얼굴을 한 엄마의 뒷이야기를 써 봅니다 돼지 밥그릇처럼
쌓인 접시들을 닦는데 왠지 망치로 내리친 듯 다 박살이 나 버립
니다 벗어 던진 양말을 찾느라 구부려 앉다가 망치얼굴이 무거워
고꾸라진 김에 종일 잠이나 잡니다

늘 입만 벌리고 돼지얼굴을 한 남편과 두 아들을 위해 엄마는 세상에서 가장 큰 거울을 보여 줍니다
우린 돼지거나 망치야

이후 집은 돼지우리가 되고 집은 수류탄처럼 산산조각이 나고 엄마는 더 큰 망치얼굴이 되어 뭐가 뭔지 도통 모르겠어, 하며 쾅 주저앉아 버립니다 이런 엔딩도 참은 아닙니다

결국 망치얼굴 엄마가 부서진 식탁 위에 다시 쪽지를 남깁니다

돼지들이여, 안녕. 망치로부터

* 앤서니 브라운의 그림 동화 『돼지책』

은사님이 더 이상 시를 쓰지 않았으면 좋겠다

며칠 후에 은사님을 뵙기로 했다 나는 은사님의 시집을 몽땅 다시 읽는다 이건 의식적인 시 읽기다 은사님의 Y라는 시를 읽으며 은사님은 이렇게 시를 써도 되는가 의심한다 책을 열 권 넘게 내면 이렇게 망연자실 써도 되는가 한다

벚꽃나무 이파리 끄트머리부터 붉게 물이 드는 계절이다 은사님은 이렇게 열 권이 넘는 시집을 내며 행간을 줄이고 내키는 대로 건너뛰고 한 줄씩 소멸시키다가 아예 시를 쓰지 않으실 것만 같다

시인이 없는 세상은 신난다 은사님이 더 이상 시를 쓰지 않았으면 좋겠다 그럼 나 같은 뽀시래기들이 잠시 그 자리에서 부귀영화를 누려야지 그러다 생활처럼 사연만 길어지는 리얼리티에 질려 금세 시를 때려치우리라 그렇게 시가 사라지는 세상을 보고 싶다

하지만 나는 은사님을 기억해야 한다 은사님이 이미 써 버린 시들이 은사님이 되어 제자들을 키워 내고 있다 굴뚝의 연기처럼 밀려 나오는 제자들이 은사님의 문학제를 매년 해치우는 세상이

도래할 것이다

　앞산 언덕에 저녁연기 같은 것들이 피어오른다 어떤 문학 행사
에 참가했던 은사님이 피곤한 몸으로 지하철을 타고 집으로 돌
아가실 것만 같은 시간이다 은사님은 흔들리며 이제 시를 그만
써야 하나 하다가 까무룩 잠이 들고 은사님이 떠난 뒤풀이에서
우리는 울다 웃다 욕을 하다

시간이 필요하다는 말은 쓸모없지만

유월은 단번에 태어나고 완성되었다
넝쿨장미가 담장을 타고 시뻘겋게 나아가는 동안
동료들은 운 좋게 살아남고

지구는 둥글고
새가 박차고 오른 창공도 둥글고
사람들도 조금씩 둥글어진다

유월이 속창머리 없이 머리칼을 흔들며 웃어 댄다
이렇게 웃다가 바닥을 친 것들을 보았다

시간이 필요하다는 말은 쓸모없지만 정확해서 좋다
지푸라기라도 잡는 심정은 심정일 뿐

이봐요 월계관을 쓴 듯 자꾸 모여 먹고 웃고 떠들지 마세요
남들은 벼룩이자리 풀처럼 하찮아지는 중인데

어디로 갔나

잠시 세심하던 구름이여
둥근 듯이 보이던 물방울이여
눈치뿐인 웃음이여

네모난 두부를 떠먹는 자는 두부에 찔린다

시계 거울 창문
벽이 필요한 것들은 벽으로 옮겨 간다

누구는 아치형 넝쿨장미 너머로 높이 손 흔들며 가고
누구는 둥글둥글하지만 미끄러지지 않는 곳으로 가고
누구는 벼룩이자리 풀보다 작은 구멍 속에서 삼 일을 울었다

여행이 끝나고 셋이 남았어요

나보다 더 슬픈 언니 둘 그리고 동생답게 작은 슬픔을 가진 나 이렇게 셋이 떠났어요 깊고 푸른 바다에 가기 위해

나보다 더 슬픈 언니 둘은 사진을 많이 찍었어요 서로를 향해 셔터를 누르며 기댈 수도 있더군요

나보다 더 슬픈 언니 둘은 많이 웃었어요 이렇게 푸르다니 오길 잘 했어 왜 이렇게 눈물이 나니 하며 활짝 웃었어요

동생답게 작은 슬픔을 가진 나는 언니들에게 속을 보여 주고 싶다고 했어요 치료가 되지 않은 것 같아서 그렇다고 중얼거리며 말했어요

나보다 더 슬픈 언니 둘은 언제 머리가 이렇게 길었니 하며 감은 내 머리를 말려 주었어요 오래된 슬픔이 사방으로 튀었어요

셋은 강요되거나 연연해하지 않는 숫자 우리는 바다를 위해 마음을 오래 열어 놓았어요

바다는 부드러워 응 바다는 찐득찐득해 응 바다는 잘 깨져 응
바다는 빨아들여 응 바다가 펄럭여

나보다 더 슬픈 언니 둘 그리고 동생답게 작은 슬픔을 가진 나
이렇게 셋은 배영의 자세로 바다에 누웠어요 두 손을 저었어요

우린 어딘가로 끌려갔어요 푸른 눈이 내리는 깊은 곳이었어요

병리적 발상 시점

코 옆에 쓴 웃음 걸어놓 음
포 장마 차를 열면 장마 후 드득

구질구 질이 지 글지 글
지 구 밖으로 툭 툭 튀는 빗방울

술 병 두 개 옥돔 구이 반 토막
포 장마차 안에 는 이 런 물화

나쁜 습 관이 구나
이런 말은 농담 275쪽

네가 질 문을 던지면 어 금니 깨짐

태어나 고 또 태 어나 도
……

같은 종 끼린 당최 관여하지 마

2부

난, 여름

비단뱀이 울창한 여름 나무 아래를
리리리 리리리리 기어간다

피자두가 주렁주렁 열린 자두나무 아래를 기어가며
열흘은 지나야 먹을 수 있대
라고 한다

자둣빛 구름 사이로 멀어진 마음이
두 줄의 비행운으로 지나간다
참 속상했겠다
지나간 날들을 쓱쓱 핥아 주는 바람 같은 말

청포도 참외 토마토 오이 감자 옥수수
함께했던 여름들이 지천이다

여름의 가장자리를 밟으며 뙤약볕 아래를 누비며
아 더워, 라고 말하면
들은 듯 장마가 시작되었는데

이제 누군가 좋아하는 계절을 물으면
누군가를 사랑하다가 차라리 나를 사랑해 버렸어
난, 여름
이렇게 말할 거다

말

　세 시간가량을 떠들고 나니 우리들 같은 말이 카페 안에 가득 쌓였다 나팔꽃과 싸우기로 결심했다며 두 주먹을 쥔 a가 뱉은 말에 지나가던 '요기요'가 부딪쳤다 그가 들고 있던 라떼 속에서 하얀 잎사귀가 출렁였다 흔들리는 잎사귀에 놀란 말이 앞발을 들어 올렸다 웅크리고 앉아 있던 사슴 한 마리 단풍나무 저편에서 뛰쳐나와 갈팡질팡했다 사람들이 바람에 찢긴 말들로 구름처럼 흩어졌다 여기저기 다급한 '요기요'들이 매니저를 부르는 소리에 벽 쪽에 낀 의심 같은 말 하나가 몸을 접었다 그 바람에 테이블 세 개가 동시에 흔들렸고 그 속에서 참새 같은 말들이 일제히 쏟아져 나와 짹짹였다 카페 안에서 녹턴이 흘러나왔다 b는 새까맣게 쌓인 저것들이 진짜 우리가 뱉은 말들이냐고 c에게 물었다 b는 잘 들리지 않을까 봐 큰 소리를 질렀다 그 소리가 사슴 같은 말의 어깨에 박히고 사슴은 우리 앞으로 날뛰며 지나갔다 유리잔이 허공에 날리고 흰 테이블보가 바람에 휘감겨 창문을 덮었다 귀신 같은 말들이 소굴로 돌아오는지 개똥지빠귀들이 창문에 날아 앉아 울었다 말을 모두 뱉어 내 비어 버린 입들이 이빨만 달그락거리며 바닥을 기어 다녔다 말들이 가라앉고 있었다

기약도 없이 찾아오는 이를 위해 밤 깊도록 문을 열어 두었다

백련사 가는 오솔길 마삭줄 감긴 바위에 앉아 기다립니다
저녁이 곧 올 거니까

난 기다리는 즐거움에 빠져 있어
이렇게 문자를 보내 놓고 꾹 참는 중이에요

저녁이 오면
동백의 숲은 더 빨갛게 깊어질 테죠
등불 같은 노란 꽃술들을 가지마다 매달 테죠

깊은 밤에 기약도 없이 찾아오는 혜장선사를 위해 다산은 밤
깊도록 문을 열어 두었대요
그도 이미 길모퉁이까지 와서 이쪽을 살피고 있을지도 몰라요

갑자기 나타나진 마 놀라기 싫으니까
기다리지 않은 척 이렇게 써 보냅니다

저녁을 좋아하는 이들에게

노을이란 신이 몰아쉰 숨이랍니다

번지는 노을에 그물을 던질까요
왜 내 곁은 자주 비냐고 물으며

마삭줄 감긴 바위를 오늘의 이야기꾼이라고 할게요
나라는 당신, 오솔길 저쪽으로만 기어가는 조바심 때문에
자꾸 책장을 덮으려 하는군요

침착하세요 저녁이니까
돌 던지지 마세요 얼굴 깨지니까
주인공은 조금 늦게 오니까

깊고 촘촘한 별들이 바야흐로 피어날 때
도착한 다산초당처럼
그 옛날 궁벽한 바다 마을에서 서로를 찾아 오가던 설렘처럼
그렇게 기다리면 올 거예요 저녁이니까

모든 것이 끝났다고 우는 여자와 한 밤을 보냈다

그건 단지 하나의 물질이었다 빵 가방 참새 운동화 벚나무 백일홍 같은 울기 전에 더듬어 보면 이미 알고 있던 세계

그것에 닿으면 집을 나선 사람처럼 앞으로 나아가야 한다 그 속에서 출구를 찾아 헤매다 죽어야 한다

밤이 어찌나 옥죄는지 관 속처럼 헐떡였다 멸균된 시간을 원한다는 그녀의 말은 대체 무슨 뜻인가

유독 정확한 무엇이 다가오는 밤이다 흔들리는 커튼 보름달 울리지 않는 전화기 인류는 언제부터 가슴이 아팠을까

버지니아 울프는 자기만의 방에 대해 글을 썼고 거실에서 오만과 편견을 쓴 작가는 자기만의 방이 없어 늘 쓰던 글을 숨겼다고 한다

그들은 이 밤 어느 방에 모여 웃고 떠들고 마실까 서로를 향해 웃으며 온기를 주고받는 그곳은 멸균의 세상일까 모일수록 나

약해지는 멸균실의 자가면역질환자들

  당신의 시계를 근거로 나를 비난하지 말아요 영화 속 여주인공은 자존심을 붙잡고 외치는데 나는 한쪽 다리를 흔들고 있다 무엇이 다시 되돌아오고 있다 눈물이 그치면 무엇을 할 것인가

  내 시계는 너무 느려서 아직도 보름달이 환하다 지나온 발자국들이 거미줄처럼 촘촘하다 자국은 어떤 구조가 되어 있다 거미줄 밖으로 얼굴을 내밀고 큰 숨을 들이마신다 이별이라는 물질이 당도한다

청산도 우루사

어디선가 혼자가 되고 외로울 때
나는 청산도 우루사를 생각한다

청산도는 유채꽃이고 청보리밭이고 둘레길이고 고등어 파시
때 몰려오는 삼천 명의 발걸음이고 동백꽃이고 서편제 주막이고
송화의 판소리다

힘든데 우루사나 사 먹을까 하고 들어갔는데
이 약이 참 맛있습니다
청산약국 약사의 말은 다디달고
약국 문 앞에서 우루사를 나눠 먹던 우리는 참을 수 없이 힘차
게 웃었다

3월의 풍랑은 예쁜 여자가 섬에 들어왔다는 겁니다 그 여자를
못 나가게 하려고 풍랑이 일지요 풍랑이 셀수록 예쁜 여자랍니다

청산도에는 별별 이야기가 만발하고
노란 봄동꽃은 파란 바다를 일제히 흔들고

풍랑은 우루사로 묶인 두 영혼을 흩어 놓아도

청산도의 나날은
내 생의 가장 뜨거운 땡볕이었으니
가장 깊은 역류였으니
천둥처럼 날뛰던 변덕이었으니

덤불 속 구덩이에 처박힌 캔디

빅스비가 말했다
오늘의 총 걸음 수는 1967걸음입니다

여기서 저기로
거기서 여기로
잠깐 나오다 마는 눈물 같은 걸음으로

아치형 넝쿨장미 만발한 저기가 너무 아름다워
여기서 저기로 옮기고 싶었다

다리가 막 걸으려 하자
심장에서 손바닥이 튀어나와 뺨을 갈겼다
비틀대지 않으려 다리에 힘을 주자 밤이 왔다
밤은 세상의 구덩이

구덩이를 파고 구덩이에서 잠들고
구덩이를 기어서 구덩이를 벗어나려다
구덩이가 더 깊어진다

외로워도 슬퍼도 나는 안 울어서
호만천 가를 달렸다
숨겨진 마음들이 검댕이처럼 날렸다
심장이 터질 거라고 헉헉
밤이 삽질 백 번처럼 헉헉

왼손을 뻗어 어디라도 잡고 싶었지만
떨어지는 몸에는 날개가 없고
비명을 지르는 입이라도 사라졌으면
덤불 속 구덩이가 벌떡 일어서고

아치형 넝쿨장미는 다시 저만치 밀려났다
여과지를 통과한 물처럼 말갛게 여백을 쳐다보았다

참새 똥만큼 눈물이 맺혔다
누가 이 밤의 꼬리뼈에 실금을 그어 놓았다
구덩이 안에 박힌 걸음을 빼는 게 천 근 만 근이었다

좀 더 쉬우면 안 될까요

행운목 푸른 이파리를 이리저리 들춰 봅니다
노력에 비해 좋은 날들이 많았으면 좋겠어요

돈은 주워도 주워도 계속 주울 수 있고
사람들은 죽었다 다시 살아나면 좋겠어요

행운목을 선물하며 뭐든 보태고 싶어 굿럭이라고 쓴 카드까지
매답니다
럭키는 그 집 개 이름이지만 겹치면 럭, 럭 웃을 수 있을까요

그런데 운을 기다리면 왜 어깨가 뻣뻣해지지요
행운목에 쪼그려 앉으면
기다리는 건 왜 모두 줄줄 새지요

그냥 모든 게 좀 더 쉬우면 안 될까요
그 많은 연꽃 중에 임금님의 산책길에서 피어난 심청이처럼
홈쇼핑 매진 직전에 구매에 성공한 것처럼
전 별로 한 게 없습니다 하는 수상소감 속의 연말처럼

사는 일은 도리깨질 같은 것인데
너 괜찮은 거니 누가 물으면 눈 코 입이 흐려져요

부지깽이에 맞은 것처럼 럭키는 달아나고
떨어질 듯 떨어질 듯 소리 지르던 행운은
이파리에 매달려 흔들리고

우리 집 구도

우리는 개를 끌고 산책을 나갔어
나는 벤치에 앉아 이 생을 생각하고 있었지
우리 집 개 이름은 인생이야
늘 생을 뛰어다니고 냄새를 맡고
말도 잘 안 듣고 꿈속에서까지 짖어 대고
꼭 사람처럼 인생을 다 안다는 듯 킁킁대고 지랄이야
그래도 한 식구니까 간식을 내밀었지
가족은 나무그늘에 서서 자꾸 뭐를 흘리면서
그런 나를 내려다보고 있었어

삼각형은 안정된 구도라고 배웠어
그런데 저 인생이 와서 꼬리를 흔들며 받아먹어야
너, 나, 인생이라는 삼각구도가 되는데
개놈이 저만치 서서는 내가 먹이를 내밀고 있는 줄 알면서도
목을 틀어 더 바깥을 보고 있는 거야
저 엉뚱한 시선이 닿지 않아 삼각구도가 약화되고 있어
인생아! 소리쳐 불러도 인생은 자꾸 저 먼 곳만 바라봐

가족은 왜 늘 나무그늘에 기대어 비웃고 있는 걸까
나는 삼각형이 중요하다고 생각해
믿을 건 인생밖에 없는데
멈추질 않아, 욕이
이 개놈아! 이 인생아!

참을 수 없는 밥의 무거움

밀란의 책 속에는 벗어, 하면 의도가 없어지는 여자들이 많고 이거가 되면 저거도 되는 남자가 있고 그러나 밀란의 책 속에는 밥이 없고 출산이 없고 137페이지를 읽도록 밥상 차리는 장면 하나가 없고 그래서 나는 참을 수 없는 배고픔을 느끼고 끝내 배고픔에 도취되고 밥은 곧 사랑이라는 은유에 결박당하고

이건 현실이며 이해 불가능한 진실이라고
밀란에게 항변을 하다가 백주대로에 쓰러지고 싶고

내가 아침에 두부를 부치는 동안 146페이지의 A는 B 앞에서 치마를 벗고 내가 저녁에 고등어를 굽는 동안 A는 B를 위해 다시 B를 배신하고

무릇 남녀의 동거가 시작되면, 밥이란 여자의 뒤에 풀어놓은 개떼 같고 배신당한 세계이고 에로틱한 삶은 사라지고 어머니가 되고 내 위에서 버둥거리는 육체 하나를 갖게 되고

에로틱한 밀란은 밥을 가벼이 여기고 나는 밀란에게 가서 나 지

금 집 앞이야, 하고 만두와 잡채와 갓 무친 오이김치를 내어주고

　밀란의 이상한 행복 이상한 슬픔은 배가 고프기 때문이라고
오직 밥만이 천국에서 추방되지 않았다고

　그래도 밀란은 은밀하고 에로틱하고 밀란은 사랑과 밥을 합쳐
놓은 것처럼 더 모호해지고

벌레와 장미와 카프카

벌레 한 마리가 차의 앞 유리창에 달라붙어 나갈 곳을 잃은 날입니다
유월과 넝쿨장미가 동시다발적으로 폭발했구요

벌레는 지금 먼 길을 가는 것 같아요
먼 길을 간다고요? 이런 삶은 드라마틱하죠

아침이면 한결같이 시 한 편이 배달되고
한결같은 시간은 생기가 없고
카프카가 벌레가 된 유월입니다

벌레는 벌레여서 죽어도 벌레적으로 나갑니다
벌레적인 자는 언제나 벌레의 범주 안에 있지요
벌레는 가느다란 발로 한 발씩 가는 것이 유일한 액션이죠

나는 운전을 하고 벌레는 눈앞에서 절박한데
차 안에는 나와 벌레 벌레와 카프카 카프카와 사람의
어지러운 구도가 있고

스피커에서는 오늘도 걷는다마는 정처 없는……
길이 막막하고

그사이 벌레는 유리의 이 끝에서 저 끝까지 몇 번을 왔다 갔다
하는 중이고
나는 호평에서 구리까지 왔다 가는 중이고

넝쿨장미 같은 것들이 내 활기를 쪽쪽 빨아먹고
저만 더 빨개졌다는 못된 생각이 문득,
나는 어서 이 넝쿨장미 덤불 속을 벗어나야 할 것 같고

벌레와 나 사이에 장미의 빨강이 물결치고
그 속에서 벌레는 꿈지럭거리고

아무 이름으로 불러도

과일 언니, 사람들은 과일가게 언니를 이렇게 불러요 과일들이
소복이 담긴 바구니를 늘어놓고 언니는 백 년 동안 가만히 앉아
책을 읽거나 바구니 위로 내려앉은 날벌레를 쫓아요 수박의 검
은 줄무늬 속이나 파인애플 껍질 속을 잘 살피면 그 언니의 이름
이 살고 있을지도 몰라요

과일 언니는 천천히 일어나 가게 뒤로 들어가기도 해요 그리고
한 페이지를 넘긴 책장 같은 얼굴로 나와 다시 의자에 앉아 손을
휘휘 저어요 푸른 청포도향이 잠시 날려요

향기를 입고 향기를 먹고 향기 사이를 걷는 언니는 어떤 향기
야, 라고 묻지는 못하는 사이예요 언니의 표정을 보며 시고 단
과일을 단번에 고를 수 있을 뿐이에요

과일 언니는 아무 과일 이름으로 불러도 다 돌아봐요 언니는
과일 속을 들락날락하며 사는 걸까요 오늘의 언니는 포도나 복
숭아일지도 몰라요 노란 껍질을 벗겨 먹는 참외일지도 몰라요

과일 언니 옆에 가만히 앉아 볼까요 그러면 언니가 희미한
과일을 내올 것만 같아요 향기도 색깔도 없는 언니를 쟁반에
담아서

의

의가 되기 위해 평생을 골몰했나
의가 되어 생을 엉망으로 만드는 데 최선을 다했나

너의 우리의 사랑의 그들의
뒤는 언제나 빈자리
몇 마리의 새라도 앉혀야 할 은신처
의는 있어도 되고 없어도 되는 깍두기

지금 의는
편두통 안에 한껏 몸을 낮추고 퍼덕퍼덕 야윈 꽁지를 흔든다
낮달처럼 낡아 가는 중이다
몰래 내린 밤눈처럼 고요해지는 중이다

그러나 의는 늘 농담의 언저리 돌기를 좋아한다
말풍선이 비눗방울 같은
허풍선이 뱃멀미 같은
정체불명의 농담 속을 헤엄치기를 좋아한다
끝없이 확대되고 늘어나는 의에는 고향 같은 것이 있다

의를 벗어날 수 없다
하나는 문밖에
하나는 문안에
저기 또 하나가 오고 있다

대게의 전설

영덕해산물센터를 막 들어설 때였다 나는 그때 문어나 낙지를 생각하고 있었다 제철 대게입니다 한 마리 드시고 가세요 수족관 속에서 들어 올려지는 대게 한 마리 대게가 숨을 크게 들이쉬고 입을 벌리자 내 신발 앞코에 쏟아지는 대게의 어떤 말들 표준국어대사전을 주르륵 넘기는 것처럼 쏟아진다 게거품을 물며 내뿜는 이야기에 난 그만 심해 먼 곳으로 끌려간다

나는 영덕 대진 앞바다에서 왔어 수심 500미터의 차가운 모래 바닥에 몸을 묻고 지냈지 나의 다리가 대나무처럼 생겨서 대게라고 부른다지? 모두 잘 알고 있더군 우리는 태어나서 일 년 동안 깊은 바다의 어떤 소리에 집중해야 해 그 소리를 지상에서는 대나무 숲의 소리라고 한다지 우리의 먼 조상께서 육지로 올라가 대나무 숲을 한없이 바라보다 돌아온 후 내내 앓았대 그리고 유산으로 그리움을 물려주어 대게들은 지상의 대나무 소리를 이미 전설처럼 알고 있지 우리의 흰 속살은 대나무 흔들리는 소리를 물소리인 듯 들으며 통통 살이 오른 거란다

우리는 어느새 자리를 잡고 앉아 깊은 바다에서 귀가 열리고

소리로 속을 꽉 채운 대게를 배운다 대게는 바다골목에 기다란 그물을 수직으로 펼쳐서 잡는다고 한다 그러나 어쩌면 낙오자 한 명 없는 군대의 행렬처럼 스스로 지상의 빛을 찾아 대게가 행군을 해 온 것일지도 모른다 수족관 안에 꽉 찬 대게는 고요하고 질서정연하다

대게는 찜기에 올라앉아 대나무는 속이 비어야 하고 대게는 속이 꽉 차야 한다는 지상의 대접에 대해 배운다 속이 비어 속이 쓰린 우리는 대게를 먹으며 알찬 속에 대해 배우느라 찰방찰방 소란스럽다 영덕을 오는 사람들은 두 부류가 있어 대게에 미친 사람 대게를 모르는 사람이라고 누군가 떠들고 있다

고독이란 말을 쓰는 지상의 부족을 드디어 만났지만 제 온몸이 고독의 물결에 젖어 있다는 걸 이미 알고 있는 대게는 대나무 숲을 그리워하다 자신의 다리를 잘라 먹으며 죽어 갔다는 대게의 전설을 들으며 허허롭게 웃을지도 모르겠다

깊은 바다 그 어둡고 차가운 곳에 하나하나 웅크린 대게 종족

들은 붉은 등과 하얀 뱃살만으로 영롱했지 깊은 바다 속으로 떨어지는 흰 눈발처럼 여기저기 엎드린 대게를 상상해 보렴 그런데 이곳은 너무나 휘황찬란하구나 빛들은 저마다 엉켜 있고 하나하나의 그리움인 너희들은 다만 서로 반사된 빛만 쳐다보느라 소란스럽구나

3부

한 이야기에 오래 머무는

나는 장마 이야기를 하며 대답을 기다리고
고추밭 이야기를 하며 대답을 기다리진 않아요

나는 걸음이 느려요
많이 젖어요
느려 터져서 눈길이 강물을 오래 건너요

물과 함께 집을 나갑니다
강물이 넘쳐흘러 하늘을 되비출 때
뜬금없는 모험의 유혹을 받았어요
피라미 모래무지 마자 다슬기 퉁사리
이런 것들이 흙탕물 하늘 속을 헤엄치네요

장마가 끝나 갈 무렵까지
나는 말을 많이 모았어요
내 안에서 자라도록 내버려 두었기 때문이에요

태풍을 동반한 비가 쏟아집니다

전철이 끊겨 택시를 타고 집에 갑니다
나는 이제 모른다는 것을 알아요

하나의 문장이 끝나면 딴사람이 되어 돌아가야 한다고 생각
해요

담 무너지는 골목을 걸어가며

만두는 담장에 깔려도 좋다고 했어요
어차피 속은 다 뭉그러졌다고
나는 만두의 속을 가만히 만져 봐요
괜찮아 아직 맛있어

담벼락에 기댄 능소화가 자꾸 내 눈을 잡아당겨요
속이 갑자기 울렁거려요
눈길에 잡혀 전진을 못 하다니
만두야 갈 거야 안 갈 거야

위험 속을 걷는 일이 이렇게도 아름답네요
능소화도 담장도 만두도 나도

사랑은 개선이 되지 않아요

두 개의 입술이 포개질 때 일출이 시작되었어요

벌써 아침이야
막 태어난 오늘이 귀를 핥아요
지금은 모르고 나중에는 알게 될 우리의 일들이 수평선에서
출렁여요
힘껏 껴안습니다

가을이 굴러 떨어지는 소리를 일곱 번째 같이 듣고 있어요
해가 어디까지 떠올랐어?

이불을 끌어당기다 꽃무늬를 보았어요
활짝 핀 하얀 소국을 노란 꽃술이 꼭 쥐고 있네요
하루만 더 있자
하루를 꼭 쥐어 봅니다

아 달콤해
차가운 애벌레 한 마리가 사과의 아침 속살로 파고들어요

하얀 애벌레 통통해지는 애벌레
깨문 것을 다시 살살 깨물듯
지금 해 줄 수 있는 것들을 다 해 줍니다

붉은 해가 툭 터집니다
이제 그만 돌아가자

우리는 왜 늘 여기까지만 흔들릴까요
자두나무 아래서 소꿉놀이를 하듯
놀이가 끝나고 사금파리가 아무렇게나 뒹굴듯

내 영혼은 자꾸 뒤돌아보고

어느 말의 마디에 맺혀 벌떡 일어났어요
그 쓸쓸한 자리를 놀라게 하고 말았네요
나를 잃어버리고 싶지 않아서 그랬어요

어둠 속으로 걸어요
몸을 숨기듯 걸어요
빠르게 걸어요
나도 나를 찾지 못하도록

종일 휘날리며 놀던 내 보라색 드레스가
달빛 아래 드러나고 사라지고
구름이 뿔을 세우고

걷다가 걷다가 왜 걷는지 잊어버린 낙타처럼
내 영혼은 자꾸 뒤돌아보고

한참을 서 있고
한참을 아프고

한참을 앉아 있고

등이 달빛에 흠뻑 젖었는데
모든 것은 왜 이리 느린가요

불안해요 길이 좁아집니다
어둠이 딱딱합니다

책상 밑에 숨으면 찌르던 어둠 같아요
술래에게 들키려고 열심히 티를 냅니다

이러다 난폭한 인디언을 만나면
나를 찾지 못하는 저 느려 터진 영혼의 눈알을 바치겠다고
그의 눈을 확 뽑으라고
그럴 거예요

다행히 식물도감을 갖고 있지 않아서

우린 아무 풀이나 뿌리째 뽑아 책갈피에 재우는 습관이 있어요
그런 습관 때문에 얼마나 많은 풀들이 말라 부서졌는지 몰라요

여름의 책들은 반서반초가 되었구요
페이지를 넘기면 무수한 계절이 있구요
어떤 페이지는 온통 겨울이구요
어떤 페이지는 활짝 핀 봄이구요

우리는 책의 속으로 죽은 꽃을 쑤셔 넣는 자
죽은 꽃과 죽은 풀들과 꿈꾸는 자

다행히 식물도감을 갖고 있지 않아서
풀과 꽃들의 이름을 잘 몰라요

대신 풀과 꽃 사이에서 잠들죠
그때마다 죽은 풀들의 꿈을 꾸죠

풀과 커플이 된 낱말들

꽃과 결혼한 이야기들이 머리를 외로 꼬며

거기가 어디더라
아 벚꽃
맞아 대성리에 가면 말야
이렇게 시작되는 말들과 놀아요

벚꽃과 대성리는 부적처럼 붙어 있죠
여뀌와 청평은 한 이불에서 잠들죠
이맘때쯤 커플이 된 그 말들이 우리를 유혹해요

비린 크리스마스

크리스마스이브였고 늦은 밤이었다 쿼바디스를 보다가 기독교 표식이 물고기라는 걸 알았다 냉장고를 열다가 느닷없이 생선을 굽기 시작했다 나는 밤늦게 생선이나 구워 먹는 어둔 사람

프라이팬 위에 붉은 열갱이와 임연수가 지글거리는 동안 친구에게 사진을 전송했다 미쳤냐? 크리스마스이브에 비린내 나게 뭔 생선이냐? 자욱한 연기 속에서 열갱이는 담백하게 임연수는 구수하게 익어 갔다

이게 무슨 냄새야 숨을 못 쉬겠네 어머니가 방에서 나오신다 어둑한 연기 속에서 나타난 어머니가 예수인 줄 알고 깜짝 놀랐다 예수는 문이란 문을 다 열었다 비린내와 연기들이 뭉글뭉글 세상 밖으로 퍼져 나갔다

비린내는 예수의 탄생과 많이 어울렸다 온 세상에 퍼지는 비릿하고 자욱한 것들 그렇다 예수께서 이 세상에 오신 뜻은 생선 굽는 데 있었다 숨 막히는 세상 숨 쉬게 해 주려고 예수는 문을 열어 세상 모두에게 비린 은총을 내리신 것이다

늦은 밤 담백하고 구수한 것을 맛본 나는 예수의 은총을 받은 사람일까 진정 생선 굽는 일에는 예수 탄생의 비의가 숨어 있는 걸까

오늘은 참 성가시네요

의심스러운 것들을 하나하나 되새기고 있어요

종묘에서 치마를 하나 사는 중인데요
너무 화려해서 입지는 않을 것 같아요
이거 입어 봐
고르고 또 고르는 저 마음은 흔들리지 않아 성가시네요

절을 지을 나무를 고를 때
남쪽 벽에 쓸 나무는 산의 남쪽에서 자란 것을 쓰고
서쪽 벽에 쓸 나무는 서쪽에서 자란 것을 쓴대요
그래야 오래간대요 참 성가시네요

의심스럽고 흔들리지 않고 오래가는 것들
오늘은 이 세 가지 근처에서 서성일게요

서성이다 보면 무엇이 사라지고 무엇이 나타날까요
정오에는 분꽃과 백일홍이 붉게 흔들렸어요

누가 멀리 간 것처럼 쓸쓸해요

오늘에게 잠시 어디라도 다녀오라고 하고 싶네요

우리의 지루한 끝말잇기를 끝내야겠다

너로부터 불과 몇 발짝 옮겼을 뿐인데
바람이 분다

붓꽃, 네가 이렇게 던지면
나는 꽃으로 시작하는 말을 찾아 천지사방을 헤맨다

삼색개키버들이 겨울의 표정으로 여름 안에서 자라고 있다
겨울이 울면서 여름이 되고
얼음을 깨면서 여름을 깨운다

너의 손금은 꼭 남의 이야기처럼 지루하다
빛나는 초록 눈을 가진 서러운 종족이 사라져서일까

네이버에서 나의 위치를 검색해 보니 격랑터미널이란다
떠날까
밖으로만 나부끼는 바람에 나날들이 베이고 있다
한결같은 것들은 찔러도 한결같았다
이번 여름에는 장마를 실천에 옮길 수 있을까

여름이다 마침 장마가 시작된다고 한다
이제 꽃무릇, 이라는 말을 던지고
우리의 지루한 끝말잇기를 끝내야겠다

푸른 수염, 붉은 새

한번 버리면 다시는 열 수 없는 방에 고향을 버렸죠
그러나 이천은 고향이 어디죠 할 때마다
복숭아털이 날리는 가려움
그건 지하에 있는 열쇠 달린 방 무서운 방 안 가는 방

요 며칠 비문증처럼 눈앞에 분홍이 떠다녔어요
어디로 들어왔는지 새 한 마리 책상 위를 빙빙 돕니다

화려한 무용수처럼 유영하는 저 새는
고향에서 온 붉은 호반새

어쩌다 여기까지 왔니

새가 포르릉 몇 바퀴를 돌자 복숭아꽃이 물결칩니다
대답처럼

새는 한 바퀴를 더 돌더니
열쇠 구멍을 콕콕 쪼기 시작했어요

안 돼 거기는 얼룩진 핏자국과 꺼멓게 썩은 뼈들이 가득하고

해골들이 사과 더미처럼 쌓여 있을지도 몰라

　나쁜 년
　그 방에서 확 튀어나온 푸른 수염*이 나의 머리채를 휘어잡
았어요

　이천 년 전의 해가
　허공 저 아래로 떨어지는 것이 보였어요

　나는 빨아도 빨아도 지워지지 않는 복숭아 물을 지우느라
　이천 년을 종종거린 걸까요

　느닷없이 이천 년간 묵은 똥이 마렵습니다
　온몸이 떨립니다

　난생卵生을 살다 온 저 몸짓이
　이천 년을 날아다닙니다

　* 클라리사 에스테스의 『푸른 수염 이야기』

느닷없이 돌돌 골뱅이 속으로

생각보다 골뱅이 속은 끈적거렸다 그러니 생각이란 얼마나 미끌거리는 것인가 사는 동안 골뱅이무침을 많이 먹었다는 생각도 어이없는 사랑과 손을 잡았던 날들도 나는 나선형과 잘 어울린다는 생각도 함께 미끌거렸다

골뱅이가 나를 펄럭이는 바다로 데려간다 바다를 잡풀이 흔들리는 초원인 줄 알고 밟았다가 첨벙 빠진다 나를 끌고 가는 것이 나인지 골뱅이인지

골뱅이 속은 끈적한 살점 하나가 홀로 몸부림치는 곳이 아니었다 실제로 거기엔 세븐일레븐도 있다 세븐일레븐 안에는 머리를 돌돌 말아 파마를 한 골뱅이 여인이 계산대 앞에 원뿔형으로 앉아 있었다

내가 들어서자 쫀득쫀득한 속살을 내밀며 촉을 곤두세웠다 초장 있나요? 골뱅이 여인에게 던진 첫 마디였다

골뱅이란 꿈일까 잘 보면 세븐일레븐 밖으로 막 주차를 하고

있는 골뱅이가 보이고 이미 차에서 내려 셋인지 넷인지 바다다!
하고 바다를 향해 뛰는 골뱅이가 보이고 어제 도착한 듯 바다 산
책을 즐기는 연인 골뱅이도 보인다 들어와요 여기서 먹고 가요
하며 지나가는 골뱅이를 붙잡는 골뱅이

　노을에 비춰진 주황색 골뱅이가 머리를 내밀고 기웃거린다 골
뱅이가 나를 부른다 돌돌 골뱅이 속으로 말려 들어가 원뿔형으
로 앉는다

수요일의 안녕

당신이 내뱉은 아찔한 말의 높이에서 떨어져 볼까
그 기분만큼의 깊이를 물속으로 빠뜨리고
그 기분만큼의 물보라를 일으키며

수요일의 안녕은 수요일에게 맡기고
당신의 기분은 당신에게 맡기고
나의 분기憤氣가 가라앉을 때까지
수직으로 하강해 볼까

왜 욕조에 담긴 물을 보면 어떤 암시가 떠오르는 걸까

수심을 드러낸 물은
잔량을 확인할 수 있어서 오히려
추락이 두렵지 않다

기포도 없이 떠오르는 지난 화요일의 편린들
아무 일도 발생하지 않고
아무것도 발화하지 않는, 그래서 기억할 것도 없는

수요일을 지나서

나는 점점 당신의 부재와 가까워진다

물의 표면에 닿는 순간부터
당신의 혀는 나의 실종을 기록하리라

나는 끝내 진정과 화해할 수 없을 것이다

시를 고추장에 찍어 먹어서야 되겠는가

양양에는 시가 널려 있다고 했다

넌 회를 잘 먹는구나
아니 난 고추장 맛으로 먹는 건데요
회는 엷은 간장에 찍어 먹어야 제맛인 거야

언젠가 잘한다는 막국수 집에 가서 겨자를 치려 하는데
주인이 말했다
겨자나 식초를 넣는 건 겉멋이에요
메밀 본래의 맛을 느끼는 게 참맛입니다

시를 쓴다 그러나
바다를 써도 써지지 않았고
양양을 써도 써지지 않았다

회를 자꾸 고추장에 찍어 먹어서
바다의 푸른 맛을 고추장에 찍어 먹어서
양양을 고추장에 찍어 먹어서

맛이 사라지는 걸까

시를 쓰지 못하고 고추장을 썼다
바다를 쓰지 못하고 그림을 썼다

시 쓰는 선배가 말했다
넌 그래서 시를 못 쓰는 거야 시를 고추장에 찍어 먹어서야 되
겠니 맛 떨어지게

난 며칠 동안 회를 간장에 찍어 먹었다
그런다고 시가 보이지는 않았다
회를 고추장에 찍어 먹을까 간장에 찍어 먹을까

나는 몰래 몰래 회를 고추장에 찍어 먹다가 돌아왔다

4부

다시 찢어져야 하나요

오늘이 오늘 하나로는 부족해서
달력 속의 6월 30일에 동그라미를 그려요
그러면 오늘이 두 개가 됩니다

하나의 오늘에는 울화鬱火가 활짝 피었군요
나는 당신의 빨간 울화 옆에 쪼그리고 앉아
접시꽃이 요렇게 예쁜 줄 몰랐어
이런 말을 하며
남은 오늘도 또 이렇게 사용합니다

세 끼를 다 먹고도 허기진 사람처럼
우리는 오늘을 다 사용했네요
접시꽃이 조렇게 예쁘게 피었는데

한 열흘 다녀왔어요

여행이 끝나고 안 아픈 곳이 없어서 좋아요 끝을 감당할 수 있는 건 통증뿐입니다

검은 나무에 꼬리 긴 달빛이 앉아 있고 성난 파도가 하얀 갈기를 휘날리며 밤새 달려드는 곳이었어요

한 열흘, 시간의 바짓가랑이를 꽉 잡고 있느라 손마디가 다 쑤셔요 늦복숭아처럼 살이 흐물흐물해졌어요

심심한 파도가 베란다 난간을 넘보면
우리는 농담 몇 조각을 던져 줬어요
바다는 본체만체했어요
흙에 떨어진 물고기가 물을 잊었다는 등의 하찮은 이야기가 넘쳐나고
시간의 껍질을 과도로 살살 벗겨 내는지 아프고 아름다운 곳이었어요

모든 장소는 물체로 가득 차 있대요 장소에도 감정이 있을 테

니 너무 부담을 주면 안 된다는 게 나의 생각입니다

　그래서 점심을 굶듯 가만히 견뎌요
　나는 그곳을 밀어내고
　그곳은 나를 밀어내고

　나와 그곳이 공존하지 못하는 곳에 한 열흘 다녀왔어요

　시간을 먹어 치우는 그곳으로부터 무사히 빠져나오려면 어떻
게 해야 할까요

훔쳐 쓴 시

얼마 전에 발표한 「성가신 사랑」이 훔쳐 쓴 시라고 밝힌다

나는 표절을 감추기 위해 시를 훔치던 때의 기억을 지웠으며
그 앞뒤 몇 시간도 함께 지워 버렸다 감쪽같이 지워진 시간 위로
까치가 날아가며 똥을 갈기고 안개를 헤치며 바위산을 걸어가는
꿈이 들어섰다 펜을 쥔 손가락이 아플수록 나는 시가 아닌 사랑
에 집착하게 되었다 사랑 속에서 영원히 사는 한 인간의 이야기가
「성가신 사랑」의 밑그림이었기 때문이며 그 문장을 완전히 내 것
으로 만들기 위한 세뇌의 일종이었다

　— 우리가 멈춰 서자 사랑도 멈췄다
　라는 문장을 훔칠 때는 너무나 보편적이어서 훔치고 있다는
사실조차 잊었다

　— 종묘에서 치마를 하나 사는 중인데요
　라는 문장을 훔칠 때는 장롱 속에 걸어 놓고 보기만 하는 반
짝이는 스팽글 치마를 떠올리며 썼다

하얀 찔레꽃이 피는 야릇한 밤에 쓴 시와 이미 쓰인 시는 무엇이 다른 걸까 끊임없는 자기복제는 시인임을 증명할 수 있을까 이런 조바심으로 밤이 길어진다 문장을 탐낸 최후가 내 눈 속으로 저벅저벅 걸어 들어온다 눈이 멀 것 같은 통증 뒤로 빈 깡통을 핥는 길고양이였던 전생이 보였다 그리고 부서지는 환생을 눈뜨고 볼 수 없는 장님이 되어 꿈에서 깼다

나는 고뇌했고 그러다 죽었고 다시 살아났다 지상의 세균인 사랑에 대하여 끝내 탐구를 마치지 못한 채 나는 지옥 아닌 것이 없다는 지상의 처벌 방식을 순순히 받아들였다 훔쳐도 베껴도 시란 당최 유일해지지 않았으므로

― 누군가를 사랑하다가 차라리 나를 사랑해 버렸다
는 문장을 또 훔쳤다 이 일은 신문에 기사화되지 않았다

여행의 발명

갔던 곳에 또 갔어

거의 잊었는데 또 출렁이는 곳
울렁울렁 울릉도에 갔어

언니 언니 언니 언니 나 동생
여섯 명을 이해하려면 혼돈이 우선이야

우리는 그곳 식당에서 각자의 주문을 외웠던 거 같아
그때 주문은 이루어져 오징어 내장탕이 나왔어
그릇 그릇에 담겨 나온 반찬들은 슬픔인 듯 들먹이지 않았어

언니 언니 언니 언니 나 동생은 이제 어디로 갈까
어떤 동생은 너무 멀어 이름만 몇 번 부르다 말았어

누구도 이전으로 돌아갈 수 없어
어떤 언니는 맞고 어떤 언니는 여전히 틀리기 때문이야

갔던 곳에 또 갔어
언니는 동생을 걱정하며
동생은 제 동생을 걱정하며

이런 무한들이 반복되면
거기에 우리의 혼돈을 묻을 수 있을까

언니 언니 언니 언니 나 동생
그곳에도 없는 건 여전히 없는데
우리는 서로의 언니라서 자꾸만 또 갔어

저저저 그 그거 그거

이거 무슨 나물이에요?
다래순 다 내가 딴 거라우
이건 무슨 나물이에요?
저저저 그 그거 그거

할머니 저저저 그 그거 그거 한 바구니 주세요
아이구 얼른 말이 안 나와서

할머니도 웃고 언니도 웃고 나도 웃고
웃음 날개가 팔랑팔랑 허공에 가위질을 한다

언니와 검은 봉지 손잡이를 하나씩 나눠 쥐고 걸어갈 때
뾰족한 여우 얼굴을 한 여자가 나를 툭 치고 지나간다
그때 언니는
저저저 그 그거 저거 저게
검지를 뻗어 부족한 내 표정을 보태 준다

노랑 복수초와 노랑 프리지어가 노랑노랑 늘어선 길가 화원 앞

내가 이 노랑 저 노랑을 건드리자
언니가 출렁출렁 흔들린다

노란 매미꽃 노란 달맞이꽃 노란 해바라기 노란 보름달이었다
던 그는
노란 줄을 건드리며 언니에게 왔고 갈 때도 노란 줄을 건드리
며 갔다고 한다
언니의 몸에 길게 이어진 노란 줄이 보인다

언니 저저저 그 그거 그거 아 얼른 말이 안 나와서

언니가 웃었다
스무 살의 바람 같은 것이 불었다

낭유안의 일요일

낭유안에 가자 운동화를 벗어 던지고 가자 태양 하나를 훔쳐서 가자 낭유안으로 기울어진 배를 타고 가자 파도에 휩쓸리며 가자 이글거리는 태양을 좌표 삼아 푸른 두건을 쓰고 가자 점멸하는 섬들을 향해 뚜뚜 뱃고동을 울리며 가자

인어 한 마리 튀어 오르면 높은음자리처럼 길게 늘어난 목을 쓰다듬어 주자 인어의 눈물을 받아 마시고 세이렌의 음색 하나하나를 먹어 치우자 부모가 없어도 무엇이 될 수 없어도 철없이 취하고 엎질러지자 슬픔이 활처럼 휘면 빨간 다알리아가 그려진 닻을 올리자

꿈의 바지 주머니 속으로 비행기가 날고 찍찍 깨오새 여섯 마리가 정신없이 날고 노파는 집 마당에서 코코넛을 자르고 애완용 아나콘다를 꺼내고 정오의 햇빛이 유리창을 뚫고 가장 가까운 곳에 빛이 닿도록 내버려 두고

내가 되어 간다는 것은 낭유안의 일요일을 내 방으로 끌어들이는 일

하지만 노을보다 엽서보다 더 한때 같은 낭유안은 파도를 출렁이며 내 방에 온 적 없다 온몸에 물기를 뚝뚝 떨어뜨리며 우두커니 서 있던 적 없다

언니에게 낭만적인 티파티를 해 줄까요

사는 건 참 구질구질해
시래기무침 한 젓가락을 입에 넣으며 언니가 궁상을 떨어요
설거지통 안으로 쏟아지는 물처럼 홀딱 젖네요

왜 저래?

구질구질한 저녁입니다
언니는 왜 구질구질 한 가지뿐일까요
밥상에는 노란 계란말이도 있고 파란 시금치무침도 있는데
언니는 왜 시래기만 우물거릴까요
향기로운 드립커피도 있고 붉은 홍차도 있는데
언니는 왜 밥풀이 둥둥 뜬 숭늉만 마실까요

저녁을 다 먹고
언니에게 소설 속 주인공 같은 낭만적인 티파티를 해 주어야
겠어요

젤리타르트와 손가락 비스킷을 만들고 분홍과 노랑 설탕을

입힌 과자도 만들고 따뜻한 차와 라즈베리시럽과 설탕절임을 준
비하고 빨간 나뭇가지를 파란 꽃병에 꽂아 테이블 위에 올려놓
고 찻잔은 장미 무늬 찻잔을 준비할 거예요*

　이런 티파티는 언니를 어떤 곳으로 데려갈까요

　화려하다고 좋은 인생일까 언니는 이렇게 말할 걸요 알아요 화
려한 티파티와 구질구질한 저녁은 아무 차이도 없다는 걸 그러니
까 언니가 말이라도 산뜻하게 하면 좋겠어서 그래요

　언니는 일찍 일어나니까 아침이 되면 언니만을 위한 눈이 하얗
게 하얗게 펄펄 날리면 좋겠어요

　* 빨강머리 앤이 친구 다이애나와 한껏 치장한 티파티를 준비하는 장면

165번

버스를 타자마자 다시 내리는 사람을 봤어
방금 탄 앞문으로 기어이 다시 내리는 사람

잠시의 지체에 개입하는 눈동자들을 봤어

한가한 시간에 깍지를 끼고 맨 뒷자리에 앉아 흔들려야지 이렇
게 한참을 타고 가야지 타는 건 뜨거운 해를 왼쪽에 허용하는 일
이라는 내 여유도 그 사람을 봤어

버스가 출발하려는데 앞문이 다시 열렸어
방금 전 내린 사람이 버스 앞문을 다시 두드렸던 거야

다시 올라탄 그 사람
모든 눈동자가 그 사람을 봤어

착각에게 끌려가서 착각을 실컷 살다 온 얼굴
한없이 당겨진 고무줄의 얼굴
깨진 얼굴을 주섬주섬 주워 손에 들고 올라탄 얼굴

자신의 별에서 보는 먼 지구처럼 모두 멀기만 했어

본명

본명은 하얀 봉투를 꺼내 그 위에 사표라고 쓴다 그러나 사표를 받아 줄 이는 지금 경황이 없다 카톡에 새 프로필을 쓰느라 새 도장을 파느라 노트마다 새 이름을 적느라 만나는 사람들마다 새 이름을 알려 주느라 새것이 파고든 새 세상에서 새 이름을 흥청망청 쓰느라

본명은 한번 더 심사숙고한다 이 사표는 정당한가 퇴직금은 얼마나 될까 이제 어느 공원으로 가서 비둘기에게 먹이를 줘야 할까 그러나 본명은 동사무소 서류 속에 연락이 끊긴 지인의 핸드폰 속에 여권 속에 끈덕지게 남아 있을 것이다 끼지 않는 결혼반지처럼

본명은 필명과 갈라선다 더 죽지 않기 위해 어리둥절한 표정을 숨겨 놓는다 생은 새 이름 쪽으로 빠르게 쏠린다 본명은 들추면 누아르 장르가 될 것이다 생은 새 이름 하나로 당분간 바쁘다

그러나 펜 끝에는 아직도 지나치게 많이 써 본 본명이 버릇처럼 굳어 있다 아 참 이게 아니지, 이따금 오른손이 겸연쩍게 손가락

을 털며 새 이름을 적어 넣을 것이다

본명은 한번 울먹여 본다 끝없이 분열하는 바람 소리로

비치파라솔 하나가

비가 억수같이 쏟아지는 밤이었다 우산 대신 만취한 비치파라솔 하나가 나를 찾아왔다 온몸이 젖어 있었다 파라솔 한쪽에 야자수잎 몇 개가 늘어져 있었다 그 잎사귀에서 떨어지는 빗물에 발목이 젖고 있었다

무슨 영문인지 그가 중심을 잃고 잠시 왼쪽으로 쏠렸다 빗방울들이 파솔라파솔라 까만 음표로 쏟아졌다 파라솔은 여전히 활짝 펼쳐져 있었다

저 아래에서 몇 번 즐거웠지 분홍 갈매기가 날아다니는 그 안에서 우리 몇 번 피투성이가 되었던가 시뻘건 바다 너머로 진보라색 어둠이 몰려오고 취한 물들이 한 잔씩 쏟아지면 편파적인 두 입술이 파란 모래 위로 툭 떨어졌지

돌이켜 보면 뒤엉킨 목소리 후드득후드득 쏟아지던 곳

비치파라솔 하나를 펴는 일은 불쑥 어린 햇살 하나를 낳는 일이어서 비를 피해 파라솔 안으로 들여놓아야 할 장화 한 켤레 같

은 일이어서 습진 걸린 손가락의 껍질이 마저 벗겨지는 일이어서

　이따금 잠에 취해 파라솔 밖으로 밀려 나간 한쪽 발이나 가운 뎃손가락을 태양이 우물우물 씹기도 했다 뜨겁지 않았다

　꼬인 혀가 자꾸 꼬이자 파라솔이 왼쪽으로 오른쪽으로 흔들렸다 파라솔 하나를 접는 일에 둘이 매달려 온 힘을 썼다 그러다 가까운 사이가 되었다

　내일은 올해 가장 뜨거운 하루가 될 거라고 일기예보가 전한다 일몰이 지나고 일출이 지나고 태양이 절룩절룩 지나갈 거라고

부랑

짝 잃은 신발을 보면 문득 흔들린다

눈 내리는 항구에서 술을 마시다 부랑자가 되고 싶다

어제 종일 생각나는 이름과 오늘 종일 어른대는 이름으로 저녁이 쭈글쭈글하다

후추를 팔러 다니다 여자를 한숨 쉬게 하는 죄를 지었다, 를 수첩에 옮겨 쓴다

곰팡이는 쪼그라들 뿐 피어나는 도중에 죽지 않는다

그러나 간다는 사람의 속은 잴 수 없다

이미 솟구쳐 오른 간다, 의 양 날개 너머는 환하다

한 짝이라서 함부로 간다, 고 억지를 썼다

자유를 위해 자주 잠을 잤다

새들이 이집트를 향해 출발하기 시작했다

꿈속엔 날개가 살고 날개엔 더운 바람이 살았다

바람을 꿈에 가두면 사납게 휘날리는 외투가 되었다

신께서 우리를 다스리심에 동의했다

그 후, 손에는 자주 먹을 것이 들려 있지 않았다

갈까 잘까

금요일에 고궁에 갈까 잘까 어지럽고 나쁜 생각이 자꾸 들어서 그러는데 차라리 잘까 갈까 고궁은 아름다워 이렇게 말해 놓고 자면 역사에 깃드는 잠이 될까 그러면 꿈에서 고궁을 걸을 수 있을까 밤에 깊이 잤지만 낮에 이렇게 푹 자도 될까 그러면 나 봄에게 조금 부끄러울까

당분간 잠이 유일한 전략이면 안 될까 침대는 넓고 꿈은 침대를 꽉 채울 수 있을까 뼛속이 비어 날개를 가진 새처럼 가볍게 날 수 있을까 고궁을 꿈꾸며 자면 고궁의 마음에 닿을 수 있을까

고궁을, 이라는 말 뒤에는 거닐다, 라고 말할까 거닐다, 에서는 왜 달밤 곤룡포 스치는 소리가 날까 우두커니에는 왜 구름이 걸리고 그 사이로 달빛이 쏟아질까 궁이란 왜 사방이 눈일까 없는 자객을 꿈꾸며 잠든 임금처럼 불가능을 꿈꾸는 연인들처럼 내 양손을 더 꼭 잡아 볼까 고궁에 갈까 잘까

그때 택배가 도착하고 나 잠을 접고 일어나 앉을까 부스스 택배 상자를 열까 상자 속에서 깨어진 꿈이 나올까 고궁에서 산 기념품이 나올까 고궁에 갈까 잘까

스스로 나아가는 이야기의 힘

김기택(시인)

스스로 나아가는 이야기의 힘

1

최휘는 시집 『야비해지거나 쓸모없어지거나』와 동시집 『여름 아이』(문학동네동시문학상 대상 수상작)을 출간한, 등 단한 지 10년이 넘었지만 아직은 보여 준 것보다 보여 줄 것이 훨씬 많아서 중견이라기보다는 풋풋한 신인이라고 부르는 것 이 더 어울리는, 시인이다. 첫 시집은 '야비해지거나 쓸모없어 지거나' 둘 중 하나를 선택하게 만드는 일상을 유쾌하게 뒤틀 고 뒤집는 삐딱한 상상력이 돋보인다. 이 시집에는 정겨운 심 술보와 막무가내 호기심이 가득한 아이의 목소리, 불량기와 일탈의 에너지로 일상의 억압과 맞장뜨는 청소년의 목소리, 슬픔이 깊이 배어 있는 변덕으로 지루하게 반복되는 일상을 씩씩하게 견디는 갱년기 여성의 목소리가 혼재되어 있다. 일부러 거칠게 보이려고 애쓰는 듯한 이 여린 목소리는 사실은 활기와 탄력의 기운, 생동하는 원초적인 힘의 다른 이름이다. 굳어진 것들, 관습에 매몰된 것들에 균열을 내려다 보니 상상력이 저절로 삐딱해진 것이다.

2

두 번째 시집 『난, 여름』을 읽어 보니, 여전히 첫 시집의 삐딱한 상상력과 활기와 탄력이 느껴지면서도 그것을 이야기하는 방법은 더 진화되었다는 느낌이 든다. 첫 시집을 읽는 즐거움이 주로 화자의 목소리와 이야기의 내용에서 나왔다면, 이번 시집을 읽는 즐거움은 이야기하는 방법과 태도에서 좀 더 많이 오는 것 같다. 루시 모드 몽고메리 소설의 주인공 빨강머리 앤의 목소리로 진술하는 「그린게이블즈의 앤이라면 이렇게 말할걸요」는 이런 특징을 엿볼 수 있는 시이다.

이 일은 너무나 신중하게 전해야 하는 말들이라 아침이 되기를 기다렸어요 저녁보다는 아침에 이 말을 전하는 게 어울릴 거라고 생각했거든요 아침이 있다는 건 참으로 멋진 일이에요 그 일은 너무 영롱하고 순수해서 오래된 창고의 뿌연 먼지 냄새 같다고 해야 할까요 아니 먼지라는 표현은 안 어울리네요 아침 이슬 같다고 고칠게요 아침 이슬은 수선화를 머리에 꽂고 잠시 6월의 해를 듬뿍 받으며 서 있는 것과 같거든요 이건 금방 사라지는 일들을 기억하기에 좋은 상상법이에요 혹시 이렇게 해 본 적이 있나요? 없어요? 설마 상상해 본 적도 없어요?

　그러니까 이 일이 일어난 동안의 심정들을 다 빼고 간략하게 사건의 요점만 충실히 전한다는 건 너무 낭만적이지 못해요 핵심만 부탁해, 라는 간절한 눈빛을 받으며 이 일을 전달하는 건 너무 잔인한 일이에요 때로는 침묵이 금이라는 걸 지금 적용해야 할까요 하지만 지금 저는 중단할 수 없을 만큼 이미 이야기의 길을 걷기 시작한 느낌이에요 아 이야기의 길이라니 이건 순식간에 튀어나온 말이지만 적절하다는 생각이 들어요 이야기에는 금보다 더 귀한 느낌이라는 것이 있는데 저는 지금 그것을 건드린 것 같아요 기쁜 말 슬픈 말 우울한 말 깜짝 놀란 말 차마 입을 떼지 못하는 말 이런 저런 말들이 앞서고 뒤서며 도란도란 또는 고독하게 걷는 길이 보여요 아 이건 너무 낭만적인 상상이에요 상상이 많이 들어간 말은 진실하지 않을 거라고 생각하지 말아 주세요 어떤 생각이 먼저 있었다면 반드시 그렇게 되지 못했더라도 괜찮다고 생각해요 그런데 이렇게 말하다 보니 내가 전하려고 했던 말들에게 내가 이미 발각된 기분이 들어요 이 말을 아침에 전해야겠다고 생각한 것은 이 일과 아침이 같은 세계에 있었기 때문이죠 같은 세계에 있는 것들은 같이 다니는 걸 좋아한답니다 그럼 이제 시작할게요 본론이 길모퉁이까지 와서 이쪽을 살피고 있는 게 보이거든요

— 「그린게이블즈의 앤이라면 이렇게 말할걸요」 전문

    화자는 아직 이야기를 시작하지도 않았는데 "중단할 수 없을 만큼 이미 이야기의 길을 걷기 시작한 느낌"이라고 말한다. 그는 자신이 말하는 게 아니라 이야기가 주체가 되어 자신의 입을 빌려서 스스로 나오고 있음을 직감한다. 그래서 이야기가 스스로 생성되어 나아가기에 알맞은 여건을 마련해 두려고 한다. 그 첫 번째 조건은 이야기가 아침에 나와야 한다는 것이다. 화자가 원하는 이야기의 기운과 성질에 잘 어울리는 것은 6월의 햇살과 같은 밝은 빛, 수선화에 맺힌 이슬과 같은 영롱한 빛이다. 이야기가 이런 기운을 얻지 못한다면 "금방 사라지는 일들을 기억하기에 좋은 상상법"은 훼손되고, 이야기는 생기를 잃게 될 것이다. 두 번째 조건은 이야기에서 "일이 일어난 동안의 심정들을" 빠트려서는 안 된다는 것이다. 이 심정에는 "오래된 창고의 뿌연 냄새"와 놓쳐서는 안 될 내

밀한 느낌이 풍부하게 저장되어 있을 것이다. 핵심만 말하다가 이것을 놓친다면 이야기는 심장과 핏줄과 근육이 없이 뼈만 앙상하게 남을 것이다.

화자는 이야기가 스스로의 의지대로 나아가려면 "금보다더 귀한 느낌"을 건드려야 한다는 것도 잊지 않는다. 느낌은이야기로 들어가는 입구이다. 느낌은 이야기가 되기 이전에화자의 몸속에 살아 있는, 그러나 아직 언어를 입지 않고 이름도 없는, 생생한 생명체이다. 이야기를 한다는 것은 이 생명체가 언어가 되어 나오는 과정이라고 할 수 있다. 느낌이 첫 단어, 첫 문장을 건드리면 이야기는 독자적으로 생각하고 말을하는 독립적인 생명체가 된다. 이렇게 이야기가 주체가 되어제 길을 찾아서 나아가면, 화자는 이야기를 듣는 청자가 되어이야기가 "앞서고 뒤서며 도란도란 또는 고독하게 걷는 길"을지켜보거나 "본론이 길모퉁이까지 와서 이쪽을 살피고 있는"걸 바라보는 수동적인 존재가 된다.

이야기가 주체가 되어 나올 때 화자가 원하는 말, 자기도몰랐던 욕망을 추동하는 말이 나올 가능성이 커진다. 이 말을통해 자신이 숨겨 왔던 것, 억눌려졌던 것, 의식 밑에 깊이 감춰져 있던 것들의 일부가 고개를 들 수 있는 것이다. 여기서주목할 것은 화자가 "내가 전하려고 했던 말들에게 내가 이미 발각된 기분"이 들게 된다는 것이다. 내면에 숨겨져 있던 비밀스러운 감정이나 기억이 자신이 한 말에게 '들키는' 것이다. 그래서 이야기를 듣는 자이며 들키는 자인 화자는 제 입으로 말하면서도 이야기에 개입할 수 없다. 그는 말을 하면서도 침묵하는 자이다. 침묵 속의 풍부한 이야기에 귀를 기울이는 자이다.

이 시가 빨강머리 앤을 화자로 내세운 점도 흥미롭다. 습관이 누적되고 고착되면서 생긴 고정관념에 덜 오염된 어린이는 제 안에서 제힘으로 나오는 이야기를 잘 들을 수 있다. 어린이는 호기심이 많다. 그 호기심은 관념으로 굳어지지 않고 반죽처럼 물렁물렁해서 변화 가능성이 풍부하다. 어린이는 이미 정해져 있는 관념으로 사물을 보지 않는다. 그래서 어른이 보기에 지극히 평범하고 상식적이고 재미없는 것도 어린이는 신기하고 재미있게 볼 수 있다. 생동하는 감각과 감정에 따라 대상을 보는 이 시선에 '순수하다'는 이름을 붙일 수 있다면, 빨강머리 앤은 순수한 눈을 가진, 그래서 스스로 나아가는 이야기를 운영할 능력을 지닌 인물이라고 할 수 있다.

스스로 주체가 되어 제 길을 찾아 나아가는 이야기는 이 시집 곳곳에서 어렵지 않게 찾아볼 수 있다.

내가 한때 사랑했던 그것이 언제부터인가 생각나지 않는다 분명 내가 애지중지하며 안고 뒹굴던 것이었다 그 얼굴 그 표정 그 손짓 그런 것들이 다 아리송하다

분명한 건 분홍색 헬로 키티는 아니라는 것 키티가 키티를 밀어 올리는 아침 나는 정체 모를 키티에 정신이 팔린다 컴퓨터 책장 유리창 너머 화장실까지 돌아다녀도 키티가 생각나지 않는다

키티는 무엇이었을까 그것은 어디에 숨었을까 이불 베개 침대 모서리 귤껍질까지 들추며 키티를 찾아본다 이상스레 입술에 착 달라붙는 키티 이름만 둥둥 떠다니는 키티 그러나 키티는 보이지 않는다

키티는 고유명사인가 키티는 무엇인가 키티는 힌트를 주지 않는다 숨 죽인 키티 지워진 키티 그런 느낌뿐 키티가 사라졌다

너무 덥다 히터를 껴안은 것 같은 바람이 분다 키티를 찾는 내 몸의 관절마다 주삿바늘을 꽂아 놓은 것 같다 키티인가 긴 링거 줄을 따라가 보니 사방 숲이 불타고 있다 키티가 불을 지르고 있나 구름이 붉어지고 나는 메마른다

그래도 키티가 생각나지 않는다 우산을 들춰 봐도 모자를 들춰
봐도 부채를 펴 봐도 키티는 없다 뜨거운 애인처럼 태양을 머리
에 이고 눈을 찌푸린 채 나는 키티를 생각한다

키틱 키틴 키틸 키팀 키팃 키팅 젖은 눈으로 어딘가를 서성이
는 것도 같은 오색 날개를 펴고 어디론가 날아간 것도 같은 키티
가 도대체 왜 생각나지 않는 걸까

— 「키티가 생각나지 않는다」 전문

화자가 기억해 내려고 애쓰는 대상은 키티라는 인형의 모
양이나 이름, 즉 '핵심'이 아니라 키티에 대한 화자의 내밀한
'심정'이다. 즉 화자가 "안고 뒹굴던" 키티의 냄새와 촉감, "그
얼굴 그 표정 그 손짓", 그리고 거기에 달라붙은 감정과 정서
와 알 수 없는 느낌의 총체이다. "이상스레 입술에 착 달라붙
는" 그것은 화자와 분리 불가능한 생명체로서 스스로 주체가
되는 이야기 그 자체이다. 이야기는 화자의 몸 안에 있지만,
분명하게 기억나지 않기에 아직은 제 모습을 드러내지 않은
것이다. 키티에 대한 느낌의 풍부함과 모호함은 키티를 찾겠
다는 욕망을 부추긴다. 욕망하는 대상이 무엇인지 분명하지

않아서 욕망의 힘은 더 세진다. 생각나지 않는 키티를 찾는 과정이 곧 이야기의 길이다. 즉 이야기가 주체가 되어 나아가는 과정이다. 키티를 시니피앙, 키티의 기억을 시니피에라고 한다면, 시니피앙이 지시하는 내용, 즉 시니피에는 알 수 없으나 곧 드러날 것만 같아서 시니피앙의 운동은 더욱 활발해진다. 키티 찾기는 시니피앙의 놀이라고 할 수 있다. 왜 이야기가 끌어당기는지 모르면서도 화자는 이야기에 끌린다. 이 욕망 때문에 이야기는 계속 나아갈 힘이 생긴다.

키티가 생각나지 않는다는 것은 먹고사는 일, 일상의 여러 일에 얽매인 성인 화자가 어린 시절의 여러 경험, 그 경험과 융합된 감정, 감각, 분위기, 행복감 등과 멀어져 있기 때문일 것이다. "내 몸의 관절마다 주삿바늘을 꽂아 놓은 것 같다 키티인가 긴 링거줄을 따라가 보니 사방 숲이 불타고 있다 키티가 불을 지르고 있나 구름이 붉어지고 나는 메마른다"는 육체적·심리적 증상은 어린 시절과 멀어짐으로써 생긴 구체적인 결핍의 이미지이다. 화자는 키티의 기억을 찾기만 하면 유년 시절이 회복되고 결핍이 충족될 것 같은 기분이 들지 모른다. 키티의 기억을 찾아 헤매는 것은 시니피앙이 계속 운동하게 하는 추동력이다. 시니피에는 시니피앙이 이야기를 전개할 수 있도록 자극하면서 계속 미끄러지고 숨는다. 그래서 화자는 이야기를 이끌어 가는 자가 아니라 스스로 제 길을 찾아 나아가는 시니피앙의 운동을 보는 자이며, 그 시니피앙 속에 숨어 있는 시니피에를 찾는 자이다. 이야기가 나아가는 동안 화자는 자신의 고유한 생명체를 이야기에게 들키게 될 것이다. 들킨다는 것은 생명체의 고유한 힘을 구체적으로 느끼고 경험하는 일이다. 그래서 시니피에를 찾는 동안 화자는 이야기에 계속 끌려다닐 수밖에 없다.

  호두가 짖는다 화두가 짖는다 짖다가 커진다 커진 호두가 제 옆의 화두를 향해 짖는다 놀란 화두가 다른 호두를 향해 짖는다 컹컹 짖는다 한 호두가 한 화두가 가만히 있어, 소리친다

  호두가 아니 화두가 바람을 끌어들인다 넓고 둥근 이파리로 호두가 화두를 덮는다 화두가 호두를 감춘다 호두가 가만히 흔들린다 이파리로 제 반쪽만 덮은 호두는 화두에게 밀려난 호두인가

  화두가 호두를 본다 호두가 화두를 생각한다 호두가 화두만큼 커진다 화두가 브로콜리만큼 작아진다 호두나무의 뿌리가 축축한 화두를 더듬는다 호두들이 화두들이 간지러워 몸을 튼다 한 화두가 너무 간지러워 제 머리통을 툭 자른다

호두의 한때가 지금이라고 외치는 호두 피곤한 화두 퉁퉁 부은 화두 쓰러진 호두를 일으켜 세우는 화두 원칙적인 호두 밤새 토하거나 머리를 나사로 조이는 것 같아 이삼 분 간격으로 울부짖는 화두

호두들이 화두들이 밤을 건너간다 한 화두가 생각한다 이상하다 머리가 아픈데 왜 명치끝이 답답할까 화두는 옆에 있는 호두의 가슴에 가만히 손을 대 본다

호두가 살며시 이파리를 끌어다 덮는다 화두가 뒤척인다 꿈인가 호두가 중얼거린다 화두가 다시 머리통을 잡고 뒹군다 호두의 창문이 훤하게 밝아 온다 너덜너덜해진 것들이 곯아떨어지는 화두의 새벽

저 화두를 지게막대기로 후려쳐 모두 떨어뜨려야 한다

— 「호두 혹은 화두」 전문

이 시에서 호두가 지시하는 것이 무엇인지는 분명하게 제시되지 않는다. 그것은 호두라는 열매일 수도 있고 호두라는

이름을 가진 강아지일 수도 있고 끙끙 앓느라 고통에 시달리는 환자일 수도 있고 불면에 시달리는 사람일 수도 있다. 명사가 무엇을 지시하는지 모른 채 동사들만 활발하게 움직이면서 이야기를 끌고 가고 있다. 이 알 것 같으면서도 알 수 없음이 궁금증과 의심을 계속 키우면서 이야기가 나아갈 힘을 부여하기 때문에 호두라는 이름은 화두와 다르지 않다. 호두와 화두는 발음의 유사성을 이용한 말놀이이지만 점점 커지기만 하는 의심 덩어리라는 점에서 같은 성질을 갖고 있다. 시니피에는 보일 듯 말 듯 숨으면서 시니피앙을 자극하여 이야기가 계속 나아갈 동기를 부여한다. 그래서 시니피에를 찾아 헤매는 시니피앙의 운동은 중단할 수 없다.

간화선 수행에서는 이 의심 덩어리인 화두를 계속 키워서 그것이 더 이상 나아갈 수 없는 백척간두까지 수행자를 몰아간다. "저 화두를 지게막대기로 후려쳐 모두 떨어뜨려야 한다"는 문장은 백척간두 앞에서 머뭇거림 없이 한 발 더 내디뎌 단박에 깨달음에 이르게 하려는 선지식의 방(棒)이나 할(喝)을 연상시킨다. 그러나 욕망에서 해방되는 길은 아득하고, 이야기를 휘어잡고 끌고 가는 시니피앙의 손아귀는 힘이 세다.

나는 장마 이야기를 하며 대답을 기다리고

고추밭 이야기를 하며 대답을 기다리진 않아요

나는 걸음이 느려요
많이 젖어요
느려 터져서 눈길이 강물을 오래 건너요

물과 함께 집을 나갑니다
강물이 넘쳐흘러 하늘을 되비출 때
뜬금없는 모험의 유혹을 받았어요
피라미 모래무지 마자 다슬기 퉁사리
이런 것들이 흙탕물 하늘 속을 헤엄치네요

장마가 끝나 갈 무렵까지
나는 말을 많이 모았어요
내 안에서 자라도록 내버려 두었기 때문이에요

태풍을 동반한 비가 쏟아집니다
전철이 끊겨 택시를 타고 집에 갑니다
나는 이제 모른다는 것을 알아요

하나의 문장이 끝나면 딴사람이 되어 돌아가야 한다고 생각해요

— 「한 이야기에 오래 머무는」 전문

이야기가 스스로 생성하기 전에 우리의 내면에서는 어떤 일이 일어날까. 이야기는 어떻게 스스로 독립적인 생명체가 될 수 있을까. 이 시에 의하면, 우선 말을 많이 모아야 하고, 경험한 것들이 내면에서 서로 연결되고 변화하면서 이야기라는 생명체가 스스로 자라도록 내버려 두어야 한다. 이야기가 내면에서 자라는 동안 화자는 "나는 이제 모른다는 것을" 안다고 인정해야 한다. 이야기가 충분히 숙성되면 입이나 펜을 통해 시라는 형식으로 나오게 되는데, 이때 이야기를 듣는 자인 화자는 제 몸에서 활동하는 생명체인 '심정'을 이야기에게 들키게 된다. "하나의 문장이 끝나면 딴사람이 되어 돌아가야 한다"는 진술은 이야기에게 제 심정의 비밀을 들킴으로써 일어나는 내적 변화를 암시한다. 스스로 주체가 되어 나오는 이야기를 통해 학습된 자아, 자아라는 관념과 관습적인 사고, 즉 '나'라고 굳게 믿었던 것들이 깨지면서 "딴사람"이 되는 것이다. 「사랑은 개선이 되지 않아요」에서 화자는 "막 태어난 오늘이 귀를 핥아요/ 지금은 모르고 나중에는 알게 될 우리의 일들이 수평선에서 출렁여요/ 힘껏 껴안습니다"라고 고백한

다. 이것은 관습적인 사고가 깨진 틈으로 새로운 세계의 열림을 엿본 자가 할 수 있는 말이다.

백련사 가는 오솔길 마삭줄 감긴 바위에 앉아 기다립니다
저녁이 곧 올 거니까

난 기다리는 즐거움에 빠져 있어
이렇게 문자를 보내 놓고 꾹 참는 중이에요

저녁이 오면
동백의 숲은 더 빨갛게 깊어질 테죠
등불 같은 노란 꽃술들을 가지마다 매달 테죠

깊은 밤에 기약도 없이 찾아오는 혜장선사를 위해 다산은 밤
깊도록 문을 열어 두었대요
그도 이미 길모퉁이까지 와서 이쪽을 살피고 있을지도 몰라요

갑자기 나타나진 마 놀라기 싫으니까
기다리지 않은 척 이렇게 써 보냅니다

저녁을 좋아하는 이들에게
노을이란 신이 몰아쉰 숨이랍니다

번지는 노을에 그물을 던질까요
왜 내 곁은 자주 비냐고 물으며

마삭줄 감긴 바위를 오늘의 이야기꾼이라고 할게요
나라는 당신, 오솔길 저쪽으로만 기어가는 조바심 때문에
자꾸 책장을 덮으려 하는군요

침착하세요 저녁이니까
돌 던지지 마세요 얼굴 깨지니까
주인공은 조금 늦게 오니까

깊고 촘촘한 별들이 바야흐로 피어날 때
도착한 다산초당처럼
그 옛날 궁벽한 바다 마을에서 서로를 찾아 오가던 설렘처럼
그렇게 기다리면 올 거예요 저녁이니까

　　— 「기약도 없이 찾아오는 이를 위해 밤 깊도록 문을 열어 두었다」 전문

누군가에게 문자를 보내 놓고 기다리는 동안 화자는 백련사로 가는 오솔길에 앉아 저녁과 공기와 마삭줄 감긴 바위 등을 즐겁게 바라보면서 어떤 충만한 기분에 빠진다. 제힘으로 나아가는 이야기를 듣는 화자에게 요구되는 것은 침묵과 들음의 능력이다. 느낌의 침묵 속에는 이야기의 활발한 운동이 있다. "기다립니다", "기다리는 즐거움에 빠져 있어／ 이렇게 문자를 보내 놓고 꾹 참는 중이에요", "그렇게 기다리면 올 거예요 저녁이니까" 등의 진술은 귀로는 들을 수 없는 그 침묵의 이야기를 듣는 모습을 보여 준다. "마삭줄 감긴 바위를 오늘의 이야기꾼이라고 할게요"라고 말할 때, 마삭줄 감긴 바위가 바로 이야기가 나오는 상황이고 느낌이고 침묵이고 기다림이다. 이야기가 오기를 기다리는 행위는 수동적으로 보이지만, 내면의 여러 충만한 에너지가 스스로 깨어나고 운동하도록 한다는 점에서, 그리하여 시적 상상력이 스스로 활동하도록 한다는 점에서, 그리하여 이야기가 주체가 되도록 한다는 점에서, 능동적이라고 할 수 있다.

3

　일상에서와 달리 시에서는 중요한 것과 중요하지 않은 것의 우선순위가 종종 바뀌게 된다. 즉 현실에서 중요하게 여겨지는 것이 시 속에서는 하찮거나 사소해지고, 역으로 별것 아닌 것으로 여겨지던 것이 중요한 위치를 차지하게 된다. 이것은 프로이트가 말한 꿈의 전위 구조나 라캉이 말한 언어의 환유 구조에 나타나는 현상이다. 프로이트가 제시한 꿈의 도식은 꿈에 직접 보이는 외현적 꿈-내용과 꿈에 드러나지 않고 숨겨져 있는 잠재적 꿈-사고로 이루어져 있다. 잠재적 꿈-사고는 꿈의 원재료라고 할 수 있다. 수면 위에 드러난 것보다 수면 아래 잠겨 있는 것이 훨씬 큰 빙산처럼, 꿈-사고는 꿈-내용보다 압도적으로 큰 분량을 차지하고 있다. 꿈에 나타나는 이야기가 이해할 수 없는 것은 인간의 도덕적·윤리적 상식으로는 받아들이기 어려운 비도덕적인 내용을 꿈 작업이 왜곡하고 은폐하기 때문이다. 검열하고 왜곡하는 꿈 작업을 통해 꿈-사고에서 아주 적은 분량만 꿈-내용으로 올라가게 한다. 그렇게 해서 꿈의 압축 작업과 전위 작업이 이루어진다. 꿈의 전위 작업은 일상에서 심리적 가치가 높은 성분들과 가치가 낮은 성분들이 꿈에서 서로 위치를 바꾸는 것을 말한다. 달리 말하면 현실에서 중요하게 여기는 것들이 꿈에서는 뒤로 밀리고 대신 본능적이고 원시적인 욕망 등 현실에서 사소한 것으로 여겨졌던 것들이 꿈의 전면에 나타난다. 이런 점에서 시는 꿈의 구조와 유사하며, 스스로 주체가 되어 나아가는 이야기도 그러할 것이다. 사회의 법이 지배하는 현실과 달리 꿈이나 시나 이야기에서는 욕망의 운동이 심리적으로 중요한 자리를 차지한다.

밀란의 책 속에는 벗어, 하면 의도가 없어지는 여자들이 많고 이거가 되면 저거도 되는 남자가 있고 그러나 밀란의 책 속에는 밥이 없고 출산이 없고 137페이지를 읽도록 밥상 차리는 장면 하나가 없고 그래서 나는 참을 수 없는 배고픔을 느끼고 끝내 배고픔에 도취되고 밥은 곧 사랑이라는 은유에 결박당하고

이건 현실이며 이해 불가능한 진실이라고
밀란에게 항변을 하다가 백주대로에 쓰러지고 싶고

내가 아침에 두부를 부치는 동안 146페이지의 A는 B 앞에서 치마를 벗고 내가 저녁에 고등어를 굽는 동안 A는 B를 위해 다시 B를 배신하고

무릇 남녀의 동거가 시작되면, 밥이란 여자의 뒤에 풀어놓은 개떼 같고 배신당한 세계이고 에로틱한 삶은 사라지고 어머니가 되고 내 위에서 버둥거리는 육체 하나를 갖게 되고

에로틱한 밀란은 밥을 가벼이 여기고 나는 밀란에게 가서 나 지금 집 앞이야, 하고 만두와 잡채와 갓 무친 오이김치를 내어주고

밀란의 이상한 행복 이상한 슬픔은 배가 고프기 때문이라고 오직 밥만이 천국에서 추방되지 않았다고

그래도 밀란은 은밀하고 에로틱하고 밀란은 사랑과 밥을 합쳐 놓은 것처럼 더 모호해지고

— 「참을 수 없는 밥의 무거움」 전문

엄마나 아내가 몸과 마음으로 애쓰는 일 중의 하나는 밥을 준비하고 밥을 먹는 일이다. 밥은 일상에서 처리해야 할 일의 우선순위에서 앞자리를 차지한다. 그러나 이야기의 세계에서는 그 위치가 달라진다. "밀란의 책 속에는 밥이 없고 출산이 없고 137페이지를 읽도록 밥상 차리는 장면 하나가 없"다. 남녀가 서로 사랑하고 배신하는 사건에 비하면 밥은 하찮은 일

이어서 이야기에는 거의 생략된다. 밥 먹는 일처럼 습관적이고 반복적인 일은 이야기에서 중요하지 않다. 그러나 연애가 결혼이 되고 소설의 이야기가 현실이 되면 "밥이란 여자의 뒤에 풀어놓은 개떼 같고 배신당한 세계이고 에로틱한 삶은 사라지고 어머니가 되고 내 위에서 버둥거리는 육체 하나를 갖게" 된다. 현실에서는 참을 수 없는 밥의 무거움이 상상의 세계에서 참을 수 없는 밥의 가벼움이 된다. 사랑도 배신도 밥을 먹어야 나오는 것이지만, 이야기에서 그것은 밥 없는 순수한 욕망의 놀이가 된다.

의가 되기 위해 평생을 골몰했나
의가 되어 생을 엉망으로 만드는 데 최선을 다했나

너의 우리의 사랑의 그들의
뒤는 언제나 빈자리
몇 마리의 새라도 앉혀야 할 은신처
의는 있어도 되고 없어도 되는 깍두기

지금 의는
편두통 안에 한껏 몸을 낮추고 퍼덕퍼덕 야윈 꽁지를 흔든다

낮달처럼 낡아 가는 중이다
몰래 내린 밤눈처럼 고요해지는 중이다

그러나 의는 늘 농담의 언저리 돌기를 좋아한다
말풍선이 비눗방울 같은
허풍선이 뱃멀미 같은
정체불명의 농담 속을 헤엄치기를 좋아한다
끝없이 확대되고 늘어나는 의에는 고향 같은 것이 있다

의를 벗어날 수 없다
하나는 문밖에
하나는 문안에
저기 또 하나가 오고 있다

— 「의」 전문

　일상적인 어법에서는 말이 되지 않겠지만, 화자는 이 시에서 조사 '의'를 명사보다 중요한 자리에 놓는다. 속격조사 '의'는 그 자체로는 별 의미가 없다. 언어의 현실에서 조사 '의'의 불안한 위치는 몸을 낮추고 낡아 가며 소리 없이 농담의 언저리를 돈다. 그러나 '의'가 두 명사 사이에 끼면 명사

사이의 관계, 즉 소유하는 자와 소유되는 것을 결정하는 기능을 담당하게 된다. 명사의 의미는 확정적이지만 조사 '의'의 의미는 유동적이다. 명사와 달리 '의'는 있어도 없는 것 같은 말풍선이, 곧 사라질 존재여서 있으나 마나 한 비눗방울 같은 것이다. 그러나 화자는 "의가 되기 위해 평생을 골몰했나/ 의가 되어 생을 엉망으로 만드는 데 최선을 다했나"라고 자신에게 묻는다. 화자가 시에서 추구하는 것은 안정적인 명사가 아니라 불안하고 유동적인 조사이다. 조사 '의'에는 "끝없이 확대되고 늘어나는" 운동과 신축성과 변화의 성질이 있다. 의식으로 드러나지 않은 욕망은 불분명하고 유동적인 곳으로 침투하여 운동하고 확장하면서 변화하려 한다. 현실이 명사의 세계라면 시는 조사 '의'의 세계이며 스스로가 주체인 이야기도 그렇다.

4

이야기가 주체가 되어 나아가는 시에서 말은 확정된 의미를 벗어나려 한다. 시에서 말은 의미를 전달하거나 개념화하는 수단에서 해방되어 하나의 독립적인 운동체가 되려고 한다.

세 시간가량을 떠들고 나니 우리들 같은 말이 카페 안에 가득 쌓였다 나팔꽃과 싸우기로 결심했다며 두 주먹을 쥔 a가 뱉은 말에 지나가던 '요기요'가 부딪쳤다 그가 들고 있던 라떼 속에서 하얀 잎사귀가 출렁였다 흔들리는 잎사귀에 놀란 말이 앞발을 들어 올렸다 웅크리고 앉아 있던 사슴 한 마리 단풍나무 저편에서 뛰쳐나와 갈팡질팡했다 사람들이 바람에 찢긴 말들로 구름처럼 흩어졌다 여기저기 다급한 '요기요'들이 매니저를 부르는 소리에 벽 쪽에 낀 의심 같은 말 하나가 몸을 접었다 그 바람에 테이블 세 개가 동시에 흔들렸고 그 속에서 참새 같은 말들이 일제히 쏟아져 나와 짹짹였다 카페 안에서 녹턴이 흘러나왔다 b는 새까맣게 쌓인 저것들이 진짜 우리가 뱉은 말들이냐고 c에게 물었다 b는 잘 들리지 않을까 봐 큰 소리를 질렀다 그 소리가 사슴 같은 말의 어깨에 박히고 사슴은 우리 앞으로 날뛰며 지나갔다 유리잔이 허공에 날리고 흰 테이블보가 바람에 휘감겨 창문을 덮었다 귀신 같은 말들이 소굴로 돌아오는지 개똥지빠귀들이 창문에 날아 앉아 울었다 말을 모두 뱉어 내 비어 버린 입들이 이빨만 달그락거리며 바닥을 기어다녔다 말들이 가라앉고 있었다

—「말」전문

용도나 의미의 구속에서 풀려나 제멋대로 움직이고 뛰노는

말을 보라. 마치 의자와 탁자에 꼭 붙어 대화에 열중하는 어른들 옆에 앉아 있는 게 지루해서 이 탁자와 저 의자, 이 사람과 저 사람, 이 물건과 저 물건, 이 방향과 저 방향, 호기심이 부르는 곳이면 어디든지 뛰고 소리치며 뛰어다니는 아이들 같다. 이 시에서 말은 소통의 도구라는 본분을 오래전에 버렸다는 듯이 벽과 천장이 있는 실내 공간에서 대화라는 격식과 틀에 갇히지 않고 사람들과 부딪치거나 바닥에 굴러다니거나 벽을 뚫거나 창문을 깨고 나가려는 일탈의 운동을 하고 있다. 그때 말들은 나팔꽃이거나 사슴이거나 구름이거나 참새가 되어 서로 날뛰고 부딪치고 찢어지고 도망간다. 이 말들은 선천적인 막무가내의 낙천성을 잃지 않고 제 본성대로 움직이는 독립적인 생명체이다. 그 말들은 문장 안에 갇히기를 거부하고 벽과 창과 천장으로 된 실내, 그리고 얼굴과 손발로 된 육체를 서로 결합해 카페를 혼란스럽게 운동하는 생명체로 변화시키고 있다.

「모든 것이 끝났다고 우는 여자와 한 밤을 보냈다」에서는 울음도 "하나의 물질"이고, 모든 것이 끝났다고 한탄하게 하는 이별도 물질이라고 진술한다. 이 시가 주목하는 것은 여자의 절망이나 한탄이 아니라 울음이나 이별이라는 물질의 운동이다. 그 물질에 닿으면 화자는 "집을 나선 사람처럼 앞으로 나아가야 한다 그 속에서 출구를 찾아 헤매다 죽어야 한다". 일상에서 쓰는 말이 관념과 추상의 세계라면 시의 말은 물질과 느낌의 세계이다. 그러므로 시적 의미는 확정적이고 움직이지 않는 의미에 안주하거나 그 의미에 봉사하려 하지 않는다. 움직이고 변화하는 생명체의 성질이 없는 의미는 시적 의미가 될 수 없다. 그래서 시적 의미는 느낌에 따라 다른 의미가 되려 하고 여러 의미가 겹치고 스며들면서 움직이고 변화하려 한다.

5

일상과 미적 거리를 둠으로써 최휘의 시는 분노와 슬픔, 짜증과 환멸 따위의 감정을 객관적으로 바라볼 수 있는 자리에 서게 된다. 그래서 그의 시는 화자를 마음껏 억압하고 괴롭히는 현실을 놀잇감으로 만들어 즐기는 이야기로 나아간다. 아니 스스로 생성해서 나아가는 그 이야기를 따라간다. 그래도 그의 시는 자신이 가지고 있는 에너지를 아직은 반도 사용하지 않은 것 같다. 앞으로 그 에너지가 어디로 튈지 궁금하다.